人生得意须尽欢

吴俣阳 著

台海出版社

图书在版编目（CIP）数据

人生得意须尽欢 / 吴俣阳著. -- 北京：台海出版社，2023.7
ISBN 978-7-5168-3529-6

Ⅰ.①人… Ⅱ.①吴… Ⅲ.①散文集－中国－当代 Ⅳ.① I267

中国国家版本馆 CIP 数据核字（2023）第 082808 号

人生得意须尽欢

著　　者：吴俣阳	
出 版 人：蔡　旭	责任编辑：戴　晨

出版发行：台海出版社
地　　址：北京市东城区景山东街20号　　　邮政编码：100009
电　　话：010-64041652（发行，邮购）
传　　真：010-84045799（总编室）
网　　址：www.taimeng.org.cn/thcbs/default.htm
E-mail：thcbs@126.com

经　　销：全国各地新华书店
印　　刷：天津明都商贸有限公司
本书如有破损、缺页、装订错误，请与本社联系调换

开　　本：880毫米×1230毫米	1/32
字　　数：196千字	印　　张：9.25
版　　次：2023年7月第1版	印　　次：2023年7月第1次印刷
书　　号：ISBN 978-7-5168-3529-6	

定　　价：59.80元

目录

壹

王勃

无论去与往，皆是梦中人

一挥而就的神作　　〇〇三

成都！成都！　　〇〇九

两只斗鸡引发的大案　　〇一五

天才少年　　〇一九

贰

孟浩然

大唐第一风流客

不一样的少年　　〇三一

娶妻当娶韩襄客　　〇三七

求而不得　　〇四七

踏雪寻梅，梦过无痕　　〇五七

伍

杜甫

一生颠沛流离，却忧国忧民

最后的告别 一三六

艰难困苦，玉汝于成 一四一

怎不忆江南 一四六

陆

岑参

理想丰满，现实骨感

为西域而生 一五八

功名只向马上取 一六八

说走我就走 一六八

何处是归宿 一七八

叁

王维

温润如玉贵公子

全能才子　〇六三

鲜衣怒马少年时　〇六七

但求内心清净　〇七四

山水相逢，何处是知音　〇八〇

一念放下，万般自在　〇八八

肆

李白

此人只应天上有

一生放荡不羁爱自由　〇九四

仗剑走天涯　〇九九

放飞自我　一〇六

浪子李白　一一一

玖 杜牧

风流只是我的一面

扬州一梦，到死方休　二三四

一生最爱张好好　二四五

华美的蜕变　二四五

相门无犬子　二五四

拾 李商隐

所有的爱都错过

此情可待成追忆　二六〇

兄弟反目　二七三

生命中的『贵人』　二六五

柒 白居易

相思到死思方尽

有一种人生叫乐天

《长恨歌》背后的故事

一八七

一九四

 捌 元稹

友谊最美好的样子

寒门贵子

君子之交

二一三

二一九

● 唐·张萱《捣练图》（局部）

王勃

无论去与往，皆是梦中人

说起古代的天才文人，王勃绝对要算一个。

王勃6岁能文，下笔流畅，被赞为"神童"。9岁时，读秘书监颜师古《汉书注》，作《指瑕》十卷，以纠正其错。16岁时，王勃通过了科举考试，成为当时朝廷中最年轻的官员。

据《新唐书》记载，王勃平时写作的时候，喜欢先磨墨数升，然后喝酒，喝完往床上一躺，蒙住脸假装睡觉，其实他是在心里构思，想好之后便提笔一挥而就，不改一字。而今，我们所说的打腹稿，就来源于此。

"有些人25岁就死了，但是要到75岁才被埋葬。"王勃虽死于27岁，但他留下的文学瑰宝，却闪耀了千余年，从这个角度说，他的确是诗魂永在，从来都没有离开过我们。

天才少年

要说天才少年，我最欣赏的有两个人，一个是北宋的晏殊，另一个就是王勃。

王勃到底多有才呢？且去看看"初唐四杰"的排名，就能心中有数了。王勃，杨炯，卢照邻，骆宾王，个个才华横溢，但排在第一位的，偏偏是年纪最轻、寿命最短的王勃，若不是真有些本领，想必他也无法从这些顶级高手中脱颖而出成为佼佼者。

为什么是王勃？因为他不仅是天才，还是全面发展的天才，诗文写得好只不过是雕虫小技，他还精通医术、音律、训诂学，学什么会什么，所以，他不排第一，谁敢排第一？即便只从诗文方面取得的成就来看，单凭一句"落霞与孤鹜齐飞，秋水共长天一色"，他便是妥妥的"唐初一哥"了，更何况人家还写出过脍炙人口的"海内存知己，天涯若比邻"呢！

在"初唐四杰"里，王勃留下的作品并不是最多的，但我们为什么就是非常喜欢他呢？我想，这可能跟笼罩在他身上的神秘光环有关，年仅27岁就英年早逝，谁不想透过蒙在他身上的那层轻纱，去了解一个更加真实、更加立体、更加具象的王勃呢？

有人说，如果王勃没有死得那么早，或许唐诗的代表人物要重新排一下座次了。这话虽然讲得不一定正确，倒也反映出了王勃在中国诗界乃至文坛不可小觑的地位。卓越的才华，短暂的生命，他不曾建功立业，也不曾富甲一方，却用流光溢彩的诗句，惊艳了千余年的时光。

王勃共有兄弟七人，他自己排行老三，父亲王福畤官虽做得不大，但在培养孩子上却很有一套，七个儿子颇有才名。这与王家的家学渊源有很大关系。毕竟，此王家可不是普通的王家，而是世代显赫的太原王氏。

太原王氏是妥妥的名门世家。出生在这样的家族，想不博古通今都难。何况，王勃的爷爷王通还是个知名大儒。我们所熟知的唐初名臣名将，如房玄龄、杜如晦、魏征、李靖等，皆出自王通门下。尽管王勃出生的时候，王通已经去世三十多年了，但他还是受到了祖父的影响，自幼通读经典，并树立了经世治国的远大抱负。

可以说，王勃打出生开始，起点就很高，这也就注定了他这一生必然不凡。

除了有一个了不起的爷爷，王勃的叔祖王绩也是个相当了不得的人物，11岁的时候就因为出众的诗才名动京师，并成为五言律诗的奠基人，一首《野望》更是无人不知、无人不晓，"东皋薄暮望，徙倚欲何依。树树皆秋色，山山唯落晖"，直至今日，依然是人们时常传诵的经典名句。

王勃的另一个叔祖王度也是声名显赫，他不仅以一篇《古镜记》开启了唐传奇的先河，而且著有如今已经失佚的《北朝春秋》与《隋书》，自是文采斐然，才贯古今。

当然，王勃的父亲，曾经出任过太常博士的王福畤的学问也不差，要不也就解释不了他是如何把七个儿子都培养得那么出类拔萃的了。

出生于这样的家族，王勃打一落地，便拥有了常人难以企及的先天优良基因，再加上王福畤的谆谆教导与精心栽培，6

岁就成为文思泉涌的神童，倒也不是什么奇事，只能说人家早在起跑线上就已经躺赢了，你不服还真不行。

春庄

山中兰叶径，城外李桃园。
岂知人事静，不觉鸟声喧。

这首《春庄》，据说是王勃 6 岁读《论语》时，随兴所作的五言绝句。初看倒也没什么惊艳之处，但细细品味，又自有一番意趣。

他的好朋友、同为"初唐四杰"之一的杨炯说他："九岁读颜氏《汉书》，撰《指瑕》十卷。十岁包综六经，成乎期月，悬然天得，自符音训。时师百年之学，旬日兼之，昔人千载之机，立谈可见。"

这么一看，小王勃还真是不简单，9 岁时阅读颜师古所注的《汉书》，竟一点也没把这位前辈放在眼里，居然在鸡蛋里挑骨头，洋洋洒洒地写出了十卷《汉书注指瑕》，毫不留情地指出了书中不少的错误。

要知道，颜师古可是孔子高足颜回的 37 世孙，亦是楷圣颜真卿的曾祖，鼎鼎大名的经学家、训诂学家、历史学家。早在唐太宗贞观年间，就和宰相魏征等人一起撰修《隋书》了，可谓德高望重。要指出他书中的谬误，那绝对是在挑战权威，若没点真才实学，还真不敢下手。可王勃不但下手了，而且一写就是十卷。

　　想想看，那个时候，王勃仅仅是个 9 岁的稚童，就敢挑战权威，这不仅需要莫大的勇气，还需要巨大的阅读量以及博古通今的学识。这说明，他的知识储备量和纵横的才情，还真不是常人能够企及的。

　　尤为重要的是，即便才高八斗，小王勃也没有止步不前，而是继续博览群书。10 岁的时候，他沉醉于各种经典文学和诗词歌赋中，其喷涌不绝的才华就好像与生俱来似的。

　　然而，小王勃自己并不觉得他是什么神童天才，和祖父王通、叔祖王绩比起来，他认为自己还差得远，可不能因为刚刚取得一点小小的成绩，就不知天高地厚了。虽然年纪不大，但王勃的头脑相当清醒，他可不想就此把自己困在四书五经里。他要学习医术，他要研究训诂学和音韵学，成为一个全面发展的人。

　　12 岁到 14 岁之间，王勃一直在长安跟随名医曹元学医，先后学习了《周易》《黄帝内经》《难经》等。对于这个年龄的人来说，这都是一些堪称天书的典籍。同时，他还自学了音韵学和训诂学，而对于"三才六甲之事，明堂玉匮之数"那些千古玄机，他更是一学就通，不出两年就顺利出师了。

　　放在当下，14 岁也就是初中二年级的年纪，可王勃已经学得满腹经纶了，诗词歌赋样样拿得出手，琴棋书画样样精通，而且他对医术、占卜、音韵学、训诂学也都颇有研究。有这样的才华，自然不能白白浪费了，得尽早走上仕途为国家效力，贡献自己一份光和热才是正理。

　　学而优则仕，这跟年龄没有关系。甘罗 12 岁就被拜为上卿，王勃已经 14 岁了，也不算小了，是时候让他到官场上历练闯荡一番了。于是乎，在父亲王福畤的运筹帷幄下，小王勃开始写文章展示才华，以便推销自己。他先是写了一篇骈文《上绛州上官司马书》，文辞优美，不仅写出了自己"拾青紫于俯仰，取公卿于朝夕"的豪情壮志，也让地方主政官见识到了一个少年天才的英气勃发，为他的仕途打开了局面。

打铁要趁热，父亲王福畤深谙这个道理。第二年，当右丞相刘祥道到龙门关视察民情的时候，他便又授意王勃写了一篇《上刘右相书》，进呈给刘祥道。

当时，唐高宗正出兵攻打高句丽，王勃便在上书中引经据典，直陈政见，慷慨激昂，气势磅礴，反映出了他反对战争、以文治国、匡扶天下的心声，并表明了自己积极入仕的决心。

刘祥道见过不少神童，但面对王勃，他也不淡定了，不仅大呼"此乃神童"，更叮嘱王福畤一定要把他培养成国家栋梁。有了刘祥道的赞赏与加持，王勃的名气越来越大了。

当时，唐高宗在洛阳建乾元殿。王勃又通过京畿官员皇甫常伯向皇帝献上了文辞绮丽的《乾元殿颂》，一来赞叹"紫扃垂耀，黄枢镇野。银树霜披，珠台月写"的美景，二来称颂皇帝功德"道超中古，功推下济。惟帝惟天，惟天惟帝"。不知为何，这篇文章并未引起高宗的关注。

王勃自然不会因为一点小小的挫折，就自哀自怜或者自暴自弃。皇帝没有关注，说明他还有很多不足的地方，不妨沉下心，一边继续做学问，一边等待机会。反正他还年轻，有的是时间。

功夫不负有心人。乾封元年（666 年）正月初一，高宗皇帝率领文武百官泰山封禅，王勃献上了一篇歌功颂德的《宸游东岳颂》。这一次，高宗破天荒地当着众人的面，毫不吝惜地赞美王勃是大唐的奇才。

经过皇帝的认证，王勃声名大噪，所到之处，皆是赞誉之词。但王勃毕竟是世家子弟，见过大世面，短暂的欣喜若狂之后，他便冷静了下来，没过多久，就参加了朝廷举行的"幽素科"考试，并以优异的成绩一举高中，被授朝散郎一职，一跃成为朝中最年轻的官员。

朝散郎是从七品上的官职，是一个闲职，既不掌握实权，也没什么话语权，但对 16 岁的王勃来说，就已经是莫大的荣宠了。要知道，王维和岑参刚走上仕途的时候，只是看管仓库的八品小官而已。

当上朝散郎后不久，经主考官推荐，王勃又被高宗安排到第六子沛王李贤府中担任修撰，也就是给李贤当陪侍，主要工作就是记录王府中的大小事情，间或写些诗附庸风雅。

李贤是唐高宗和武则天的次子，一直深得父母宠爱。王勃能到他的府中担任修撰，也可说明，高宗和武后对王勃不仅非常欣赏，还相当信任，甚至是对他寄予了厚望的。

李贤比王勃小 5 岁，正是活泼好动的年纪，整天不是缠着王勃陪他吟诗作对，就是一起嬉戏玩耍。

那个时候，王勃的小日子还是过得相当逍遥的。他认为，假以时日，自己一定会成为像李靖、魏征那样的功勋之臣，辅佐皇帝建立不世之功。只是那一天到底什么时候来临，他心里也没有谱，但他坚信，属于王子安的时代，一定会闪耀开启的。

两只斗鸡引发的大案

少年得志的王勃，小小年纪便声名远扬，并得到了皇帝与皇后的青睐，这对他来说是一件好事，但同时也是一把双刃剑。因为人生太过顺遂了，几乎没吃过什么苦，所以时间一久，他也变得恃才傲物，渐渐地，就不太把别人放在眼里了。

这要是在他自己家里，无论他怎么骄傲，多么自得，都还无关紧要，关键是，他是沛王府的修撰，他的一言一行，不仅代表着沛王府，而且会对沛王形成深远的影响。所以，一点点的恃才放旷，高宗和武后都不会放在眼里，且听之任之好了，但要是过了，超出了一定的限度，甚或是会影响到江山社稷，那自然会有人站出来"收拾"他了。

帝王最是无情家，只可惜饱读诗书的王勃，却没有把这句话放在心上。16 岁就成了朝廷官员，皇帝和皇后也都高看他一眼，王公大臣们竭尽所能地夸耀他，久而久之，曾经头脑清醒的王勃，也变得飘飘然起来，说话做事全然没有了顾忌，最终惹恼了高宗皇帝，并彻底断送了自己的前途。

乾封三年（668 年），王勃已在沛王府将近两年了。沛王将王勃引为心腹，凡事都会跟王勃商议，简直把他当成了亲哥哥。两人的感情可谓如胶似漆。

沛王李贤虽然只是高宗的第六子，却得到了高宗与武后的极度宠爱，在宫中的地位仅次于太子李弘。这么一个集万千宠爱于一身的皇子，高宗和武后对他寄予了厚望，教他读书的老师，陪他读书的侍读，乃至王府里的官员，都是万里挑一的人才。否则，万一有宵小之辈混进沛王府，带坏了小王子，那还了得？唯一的办法，就是将之驱逐出去，永远不能靠近沛王。

坏就坏在，高宗认定了王勃就是这样的人。尽管高宗曾经非常欣赏王勃的才华，认为他是大唐未来的国之栋梁，但在沛王的前途和王勃之间，高宗还是毫不犹豫地选择了放弃王勃，甚至不肯给他解释的机会，就把他逐出了沛王府，就连朝散郎的官职也被无情地褫夺了。

其实，王勃也就是写了篇带有游戏性质的文章罢了，也没有说什么过分的话，但高宗却认为他那篇文章不但不合时宜，还有挑唆沛王与弟弟英王手足之情的嫌疑，于是，一不做二不休，干脆把王勃逐出王府，彻底了却后患。而这对王勃来说，却着实冤得慌，尽管他因为少年得志，很有些飘飘然，不太把一些不相干的人放在眼里，但在沛王府中，他还算是恪守己职、尽心尽力的，怎么就因为一篇无伤大雅的游戏之文，就被莫名其妙地罢了职呢？

有唐一代，王公贵族们都特别喜欢玩一种"斗鸡"的游戏，宫中的王孙们自然也不例外，而王勃之所以惹怒了高宗，问题的症结便出在这个"鸡"字上。其时，沛王李贤才14岁，他的弟弟英王比他还小了1岁，两个孩子凑到一起，除了打闹不就是各种玩耍嘛，只要不伤到体肤，有什么了不得的？偏偏，沛王和英王深受民间游戏的影响，对斗鸡情有独钟。

据说，唐高宗的几个儿子都痴迷斗鸡，每次选完"鸡勇士"后，就会安排专人对它们进行悉心的照料，并进行各种训练，以待日后让它们能够在擂台上耀武扬威，替他们赢得众人的掌声与喝彩。要说起来，两个孩子聚在一起玩斗鸡的游戏，倒也无伤大雅，更用不着上纲上线，可王勃偏就自恃聪明，非要帮沛王整出个《檄英王鸡》的文章来，这一下，性质便完全变了。

不就是两个孩子凑一块玩斗鸡嘛，高宗和武后也从未反对过，甚至还大加鼓励，毕竟，爱玩是孩子的天性，而且在玩的过程中还能增进他们的兄弟之情，有百利而无一害，何乐而不支持呢？支持归支持，但也决不允许王勃大放厥词，什么叫"檄英王鸡"？只一个"檄"字，就是犯了挑唆之罪，王勃居然敢堂而皇之地写出这样的文章，不仅是对英王大不敬，更挑战了皇室的权威，这样的人岂能再留在王子身边，长此以往，不是要误人子弟吗？

檄文，特指声讨敌人或叛逆的文书，用在战斗开始之前，相当于战书。王勃这篇文章虽是游戏之作，但在唐高宗看来，却是起了个很坏的头。沛王和英王是什么关系？是同父同母的亲兄弟，一场游戏，怎么能用檄文这样的表述来宣战，这不就是要挑唆二王的手足之情吗？！

唐朝自开国以来，兄弟阋墙、手足相残的事屡见不鲜，先是高宗的父亲李世民发动"玄武门之变"，残忍地杀害了亲哥哥太子李建成和弟弟齐王李元吉。接下来，高宗的两个哥哥，太子李承乾和魏王李泰，也为了争夺皇权，斗得两败俱伤，不能善终。高宗又怎么能让这样的事再次发生在自己的儿子们身上？

尽管只是游戏之作，但高宗并不打算大事化小、小事化了，他不仅要让恃才放旷的王勃知道何为收敛，更要借此机会杀鸡儆猴，让所有臣僚都不敢再在诸王面前信口开河、胡言乱语，

● 唐·李思训（传）《京畿瑞雪图》

所以，罢黜王勃便成了他不二的选择。让高宗尤为恼恨的是，王勃的檄文中竟然还出现了诸如"血战功成，快睹鹰鹯之逐""雌伏而败类者必杀，定当割以牛刀""两雄不堪并立，一啄何敢自妄？养成于栖息之时，发愤在呼号之际"之类充满暴力血腥的句子，这也更加让他认定王勃有借此文挑拨离间皇子关系的嫌疑。所以，说什么，这个王勃也是不能再留了。

说实话，唐高宗此举，确实有点小题大做。且不论沛王和英王还都是不谙世事的孩子，即便是王勃，也不过是个半大不大的孩子罢了，一篇游戏之作，实在没必要搞得草木皆兵、杯弓蛇影，甚至还要给王勃戴上个离间皇子的帽子，毁了他的前程。可要站在高宗的立场上来看，他的顾虑也不是完全没有道理，无论如何，他可是亲眼看着自己的两个嫡亲哥哥是怎么一步步走上众叛亲离的道路，又是怎么一点一点迈向死亡的，而沛王和英王都正处于成长的重要阶段，这个时候要是受到错误思想的影响，很可能会在他们心里种下祸根，所以，当机立断要做的事，就是彻底消除隐患，不给他们步上两个伯父后尘的任何机会。

王勃这是犯了皇家大忌。那些隐藏在歌舞升平、灯红酒绿背后的政治黑暗与手足相残的血腥，都被王勃以一篇游戏之作的"檄文"给捅破了底子，而这，向来是李唐皇室最讳莫如深的，高宗李治怎么还能把这么个犯忌的人放在自己儿子的身边呢？难不成是要留着他日后撺掇沛王再发动一次兵变，除掉自己的兄弟手足吗？

对高宗来说，把王勃逐出沛王府，罢黜官职，是成本最小、效果最大的一种处理方法。在政治现实面前，高宗眼里早就没有了那个大唐奇才、国之栋梁，有的只是一个潜在的祸害，一个会把自己的儿子引上歧路的歪才，不把他关进牢房，就已经是对他莫大的宽容了，难道还要留他在朝堂继续兴风作浪吗？

王勃做梦也没有想到自己会因为一篇《檄英王鸡》而遭到罢黜，这么多年的寒窗苦读，这么多年的奋发努力，这满身横溢的才华，难道就是为了等待这么个结果？王勃不甘心，他才19岁啊，就为了一篇游戏之作遭到罢官，彻底毁了他如花似锦的前程，这让他情何以堪？

他不过只是为了让沛王和英王的斗鸡之戏增加点热闹的气氛，顺带也卖弄些自己的才华，跟挑唆沛王和英王的情谊有什么关系？那简直就是"欲加之罪，何患无辞"啊！沛王和沛王府的官员们见了他那篇檄文，没有一个不说写得好的，他自己也觉得很不错，哪里想到最后的结果会适得其反呢？

接到高宗罢黜的谕旨后，王勃再也得意不起来了。君要臣死，臣不得不死。他无话可说，也无法辩驳。但他想不通，本就是一篇游戏性质的小文，高宗为什么要视之若洪水猛兽？再说，他也绝对没有挑唆二王的意思，为什么仅仅就这么个无心之过，便要让他付出这样巨大的代价？

平心而论，除了会引起歧义，《檄英王鸡》真的写得不错，可以算骈文中的经典之作。谁又能想到它会牵动高宗那根最敏感的神经呢？

有时候，过人的才华，也是一种毕现的锋芒，它有多耀眼，就会有多灼人。王勃以文章成名，却又因文章彻底跌入谷底，虽与唐皇室的宫廷斗争紧密相连，但也与王勃恃才傲物的个性相关，如果他懂得藏锋，懂得不那么咄咄逼人，又怎么会遭遇最高统治者的嫉恨与厌弃呢？

一切都是斗鸡惹的祸。可事已至此，聪明反被聪明误的王勃，也不能找那两只鸡发泄，只能带着满心的失落离开了沛王府。

昨日的光鲜与亮丽，仿佛昙花一现，都随着天子的厌恶，一去不复返。19岁的王勃，刚刚开启了美好的政治前途，却又被自己的锐气与放旷给生生地毁了，你说这该找谁说理去呢？到底还是太年轻了，一心扎在故纸堆和学问里，没有在险恶的世道中翻身打过滚，缺乏政治经验。罢了罢了，此处不留，自有留处，我还是继续写写文章、研究学问去吧！

成都！成都！

年轻是一个人最大的资本。被罢官逐出沛王府后，王勃消沉了一段时间，便又马上"满血复活"了。他写诗，他喝酒，他赏景，他到处结交朋友，照样把日子过得风生水起。

王勃最好的朋友，是大唐开国功臣杜立德的第四子，名字没有被记载，但因为他守信、上进、善良，所以朋友就送了他一个"杜三德"的雅号。王勃和杜三德的关系到底有多好呢？从那首脍炙人口的《送杜少府之任蜀州》就能够看出来。

送杜少府之任蜀州

城阙辅三秦，风烟望五津。
与君离别意，同是宦游人。

海内存知己，天涯若比邻。

无为在歧路，儿女共沾巾。

少府，是杜三德的官职，也就是县尉。就在王勃被逐出沛王府不久，杜三德也被朝廷安排到四川蜀州当官去了。朋友即将离开长安，王勃自然要给他送行，写送别诗更是少不了的必要程序。于是，今天的我们才有幸读到"海内存知己，天涯若比邻"这样的佳句。

在这首诗中，我们没有看到送别诗中常有的悲苦缠绵之情，字里行间反而充满了豁达与洒脱的情怀，这也从另一个侧面反映出，王勃早就将被罢官的事抛诸脑后了。年轻就是好啊，挥一挥衣袖，所有的伤痛，就烟消云散了。

送走杜三德后，王勃开启了一段纵情恣意的生活。管他大唐奇才还是大唐歪才，他依然是那个才情纵横的王勃。既然当不了朝廷命官，那就当个行走江湖的浪人吧！

总章二年（669年），19岁的王勃突发奇想，来了一场说走就走的旅行。他从长安出发，目的地是好友杜三德当官的巴蜀大地。壮丽的山川景色，使王勃诗兴大发，一路上相继写下了30首诗。遗憾的是，这些诗都散佚了。

夏天，王勃顺利进入蜀地，先后在绵州、梓州、玄武、金堂、广汉、德阳等地游历。蜀地秀美的山水、放达的民情，激发了王勃的创作灵感。加之蜀地生活的浪漫闲适，他的心情也变得愈发舒展惬意，一心沉浸在自由的天地里，自由地行走，自由地呼吸，找寻生命的意义与世界的真谛。

咸亨元年（670年）秋天，王勃抵达蜀地最繁华的城市成都。因为他的名声实在太大了，哪怕是被皇帝厌弃的旧臣，但在地方长官的眼里，他依然是那个才华出众的第一流才子。所以，刚刚踏入成都的城门，王勃连口水都还没来得及喝，就受到了益州都督府长史李崇义的盛情款待。

李崇义才不管皇帝对王勃是什么态度，只要他有才华，就是益州都督府的座上宾，要好好款待。当然，喝美了、玩痛快了之后，就要他留下一些墨宝。王勃倒也不推托，二话不说，便应邀替新扩建的孔庙撰写了洋洋洒洒数千字的碑文《益州夫子庙碑》，既给足了李崇义面子，又给成都添了彩。

王勃这篇文章让他再次名声大噪。他的朋友杨炯曾评价此文说："宏伟绝人，稀代为宝，正平之作，不能夺也。"足见王勃文字的功力之厚，同时亦可窥见这篇碑文在时人心目中的地位之崇高。

在成都时，王勃与益州都督府的官员来往密切，这其中就包括他儿时的玩伴薛曜。他乡遇故知，王勃自然兴奋得厉害，少不得要沉醉几番。薛曜，又名薛华，字异华，他的祖父薛收是王勃祖父王通的弟子，两家算是世交。但薛家的权势要比王家好很多，薛曜的父亲薛元超官至宰相，舅祖褚遂良更是名重一时的政治家。出生在这样的家庭，薛曜无论从哪个方面来说都是出类拔萃的，不仅长于诗文，而且工于书法，就连宋徽宗独创的"瘦金体"书法，都是在他的字体风格上演化而来。

按理说，薛曜应该活得很洒脱才是，但事实上，因为身边有王勃这么个朋友作为参照物，他一直都被对方狠狠地压了一头，这让他自始至终都非常郁闷。不过这却丝毫没有影响到他和王勃的感情，有酒大家一起喝，有钱大家一起花，快乐了一起快乐，悲伤了一起悲伤，有闲了就结伴四处溜达，玩得不亦乐乎。

然而，有聚就会有散，薛曜毕竟有公职在身，没有无官一身轻的王勃那么自由，所以王勃只能独自继续旅行。他的内心充满了离别的惆怅与无奈，而这种不舍的心情，亦在他的诗文中毫无保留地体现了出来。

别薛华

送送多穷路，遑遑独问津。

悲凉千里道，凄断百年身。

心事同漂泊，生涯共苦辛。

无论去与住，俱是梦中人。

在蜀地游历的这段时间，王勃文思若泉涌，创作了很多脍炙人口的名篇，精心且细致地描绘了当地的盛景。

尽管蜀地的山水风光绮丽又迷人，但王勃还是想家了。咸亨二年（671 年）夏天，王勃离开成都，沿梓州、绵州等地，一路北返长安。至此，终于结束了他不到三年的蜀地之行。

蜀地的漫游经历，不仅增加了王勃的见识，给他的心境带来了很大的变化，同时也让他的创作进入了爆发期。王勃在蜀地创作的作品，多取材于江河山川，与当时萎靡浮华的宫廷诗歌截然不同，给初唐诗文赋予了全新的生命力。

一挥而就的神作

王勃从蜀地返回长安后，参加了当年的进士科试，但因为之前的《檄英王鸡》事件，他依旧没有得到高宗的宽宥，照例被朝堂排挤在外。这时，一个叫凌季友的人站了出来，帮他在虢州谋到了一份参军的差事。失意之下的王勃去了虢州，奔赴新的工作岗位。

凌季友是薛曜的挚友，也是王勃的老相识，有了这层关系，王勃才能顺利重新踏上仕途，但和之前的朝散郎相比，虢州参军的职位既不光鲜，也不是什么重要的官职。很显然，王勃并不是特别满意这份差事，但为了生活与前途，他还是不得不向命运低头。

凌季友时任虢州司法，职掌当地的刑法审判等事项，因为虢州有丰富的中草药，而王勃少时又学过两年医术，对草药比较熟悉，所以凌季友便看在相识一场的份上，把他介绍来虢州当了参军。对王勃来说，小小参军吸引力不大，可这个时候的他还在高宗的黑名单里，想必短时间内也无法让高宗回心转意，所以也只好退而求其次，并期待借助虢州参军这个职位作为跳板，再次步入朝堂。

然而，理想很丰满，现实很骨感。王勃一心想要在虢州干出点名堂，却因为自恃才高，不把虢州一帮不入流的低级官员放在眼里，久而久之，就得罪了一大批人。紧接着，祸事便主动找上门来了。

咸亨三年（672年）春，有个叫曹达的官奴在长安犯了罪，走投无路之际，就跑到虢州来投奔王勃。在唐代，窝藏逃匿的官奴是重罪，但因为曹达是王勃恩师曹元的亲戚，而且对方自称是王勃的忠实"粉丝"。于是，热心的王勃就爽快地答应了曹达的请求，把他藏在家中，每天都好吃好喝地招待他。

原本，这是一件救人于危难的好事，没想到后续的发展却有点出人意料了。凌季友的本职工作是审理与判决刑事案件，不知道他从哪儿知道了王勃窝藏官奴的消息，立即带人前往王勃的居所拿人。那来势汹汹的架势，简直就跟要吃人的老虎一样。

惊慌失措的王勃不想被曹达牵连，进而影响自己的仕途，就吩咐家人先把曹达带到安全的地方，再从长计议。没想到，这边曹达还没离开，那边凌季友就带着官兵闯进来大肆搜查。让王勃震惊万分的是，官兵从客房里搜出来的，是曹达血肉模糊的尸体。凌季友以私藏罪奴且杀之的罪名把王勃抓了起来。

大唐第一才子居然杀了人，消息甫一传出，举世皆惊。一个文弱书生，怎么能够杀得了人？虢州官方给出的解释是，王勃因为私藏罪奴，事发后，生怕受到牵连，进而影响自己的前途，加上恐惧心慌，就一不做二不休，将曹达杀人灭口了。

可是，这真的解释得通吗？王勃收留曹达在前，灭口曹达在后，凭王勃的智慧，既然已经做好了窝藏罪奴的准备，就说明他是下了不惜以自污的方式来帮助对方的决心的，又怎么会突然变脸，把对方杀了灭口？再说，窝藏罪小，杀人罪大，这么浅显的道理，王勃还弄不明白吗？退一万步说，曹达还是他的恩师曹元的亲戚，俗话说"不看僧面看佛面"，王勃实在没有理由成为一个杀人犯。还有，王勃是个身单力薄的书生，叫他写写诗、喝喝酒倒也罢了，又哪里来的力气能够杀得了一个孔武有力的官奴？

然而，虢州官方一口咬定王勃就是杀人犯，证据确凿，铁板钉钉，无可辩驳，也容不得他说一句冤枉。于是，王勃便顶着杀人犯的罪名被打入了死牢，等候问斩。就连父亲王福畤都受到了牵连，被贬到了交趾县（今越南境内）出任县令，而这样的处罚在当时来说，仅比死罪低一等。

谁也没有料到的是，王勃居然等来了一线生机。不久之后，唐高宗大赦天下，王勃亦在赦免之列。

出狱之后，王勃在家里赋闲了一年多，想通了很多事，也看透了很多人，对仕途也没有那么志在必得了，甚至生出了彻底退隐的想法。

偏偏就在这个时候，高居朝堂的武则天突然又想起了他，便交代有关部门恢复王勃朝散郎的旧职。但王勃经历过生死一劫后，对当官已经没了兴致，便委婉地谢绝了武则天的美意，踏踏实实地当起了一个闲人。

如果不是遇到天下大赦，只怕王勃早就死了。经此一劫，九死一生的王勃，算是彻彻底底地看清了人情百态，对朋友也不敢轻信了，整天窝在家里读书，研究各种学问。尽管此时的王勃不过才20多岁，但先后经历了两次重大变故，还差点丢掉性命，他才明白，才华和仕途都不是生命中最重要的东西。那么，人生中最重要的东西又是什么呢？答案只有一个，那就是亲情。

历经生死之劫后的王勃，对人生的意义有了全新的理解。他眼看父亲因他而在蛮荒之地受苦，心中很是不忍，便决定穿山越岭，远渡重洋，去看望年迈的父亲。

上元二年（675年），王勃由洛阳出发，沿大运河南下，经淮阴、楚州、江宁一路向南，并在重阳节那天抵达江西洪州（南昌），而让王勃怎么也没有想到的是，此行竟然迎来了他人生和文学的双重巅峰。

其时，南昌都督阎伯屿刚刚重修好当地名胜滕王阁，特地摆了一场盛大的宴席，邀请文人学士为滕王阁撰文作序。王勃恰好路过洪州，便欣然参加了此次宴会。

其实，在邀请文人学士撰文之前，阎都督便预先让他的女婿孟学士写好了一篇记述滕王阁的文章，等到宴会开始，便让他说是即兴创作，借此机会扬名天下。阎都督心里的小算盘，除了初来乍到的王勃，大家都心知肚明，就等着孟学士拿出文章后，竞相吹捧一番。

也许是真的不知情，也许是情商不高——王勃的眼里只有诗文。他拿过笔墨纸砚就打定主意，要写就必须语不惊人死不休。他略一思索，举笔就往铺开的纸笺上洋洋洒洒地写了起来。

阎都督没想到半路上会杀出个程咬金来，脸色顿时不好看了起来，但又无可奈何，只好借故躲到了屏风后面，只吩咐身边的随从时刻留意前面的动静，随时向他通报王勃的创作情况。

当随从第一次向他通报写到"豫章故郡，洪都新府"时，阎都督只是不屑地说了句"老生常谈"；当随从第二次通报写到"星分翼轸，地接衡庐"时，阎都督没有作声；当随从第三次通报写到"襟三江而带五湖，控蛮荆而引瓯越"时，阎都督紧锁的眉头渐渐舒展开来；接着，当阎都督听到"都督阎公之雅望，棨戟遥临"时，便满心欢喜地从屏风后走了出来。与此同时，席上也渐渐多了"啧啧"的赞叹声，倒把愣在一边的孟学士给忘到九霄云外去了。

此时的王勃，完全沉浸在忘我的状态中，但见他微微提笔，纸上便出现了"老当益壮，宁移白首之心？穷且益坚，不坠青云之志"的佳句，顿时引得全场掌声雷动。最后，当千古名句"落霞与孤鹜齐飞，秋水共长天一色"呈现于纸上时，阎都督立马带头鼓起掌来，并心悦诚服地连连感叹说："天才！天才！此真天才！"

就这样，洋洋洒洒的名篇《滕王阁序》，便在王勃的一挥而就下横空出世了。

《滕王阁序》是一篇用骈体写成的诗序，全文对仗，周典恰切，笔力明快，词句绮丽，风格清新，气势浩荡，写景与抒情自然融合，被誉为"有史第一"。短短 773 个字，便化用了 46 个典故、名句，还原创了 29 个成语，其语言运用的娴熟度，以及知识储备的广度，都已经达到了骇人听闻的地步。

据说，王勃写完《滕王阁序》后，受到冷落的孟学士一时气不过，遂跑出来要砸王勃的场子，说这篇序文是他预先写好的，王勃只是偷偷把他的文章背诵了下来，又在现场默写了一遍，根本就不是王勃的原创。

在这样尴尬的气氛之中，王勃也不慌不忙，只问了孟学士一句，滕王阁有没有诗。孟学士说没有，王勃便含笑继续提笔在《滕王阁序》后写下了一首诗。这便是著名的《滕王阁诗》，王勃故意在诗的结尾处空出了一个字，让在场的名士填写。

● 唐·阎立本《职贡图》

　　众人挠破了头皮，也填不好这个字，王勃便提议让孟学士用千金买下这个字，众人皆附和叫好。孟学士无奈，只好瞪大眼睛望向岳丈阎都督，阎都督见他出了这么大的丑，也无心替他圆场，更恨铁不成钢，只好替他用千金买下了王勃空出来的那个字。等王勃补上谜底后，大家这才发现，原来空出的那个字，真的就只是一个"空"字，震惊之余，无不拍案叫绝。

滕王阁诗

滕王高阁临江渚，佩玉鸣鸾罢歌舞。
画栋朝飞南浦云，珠帘暮卷西山雨。
闲云潭影日悠悠，物换星移几度秋。
阁中帝子今何在？槛外长江空自流。

　　在南昌滕王阁上留下名篇佳作后，王勃一点也不敢耽搁行程，当下就辞别了阎都督继续南下。历经千辛万苦，他终于在第二年抵达交趾，与父亲王福畤见面了。

　　由于自己的过错，导致父亲被贬偏远之地，王勃心中满是自责，见到父亲后，他立马就将自己写的《滕王阁序》双手奉上，试图借此让父亲的心中得到些许宽慰。王福畤非但没有怪罪王勃，反而指着那句"穷且益坚，不坠青云之志"夸他写得好，并勉励他放下过去的所有包袱。

　　与父亲在交趾同住了一段时间后，王勃便在父亲的劝说下，起身返程回归故乡。在海上，他望着起伏连绵的波涛，一边回想起过往的一切，一边高声吟诵着他在探望父亲途中写下的最后一首诗《落花落》。

落花落

落花落，落花纷漠漠。

绿叶青跗映丹萼，与君裴回上金阁。

影拂妆阶玳瑁筵，香飘舞馆茱萸幕。

落花飞，燎乱入中帷。

落花春正满，春人归不归。

落花度，氛氲绕高树。

落花春已繁，春人春不顾。

绮阁青台静且闲，罗袂红巾复往还。

盛年不再得，高枝难重攀。

试复旦游落花里，暮宿落花间。

与君落花院，台上起双鬟。

正吟时，一阵狂风突然从远处席卷而来，来势汹汹的海水顿时便漫涌到了半空中。王勃甚至都来不及躲闪或发出一声呼救，就被一个无情的浪头直接打落船头，掉进了波涛滚滚的海中，溺毙而逝，一代天才就此陨落，时年27岁。

王勃去世后，《滕王阁序》流传到了皇宫大内。唐高宗读到这篇旷古烁今的文章后，忍不住拍案叫绝，立马向身边的大臣打听王勃近来的消息，要重新征召他入朝为官。听说王勃已经在南海溺水而亡后，唐高宗更忍不住连说了三声可惜。

● 唐·韩滉《五牛图》（局部）

贰

孟浩然

大唐第一风流客

有唐一代，文化的繁荣和开放的气象，造就了唐朝文人的潇洒不羁。然而，出乎很多人意料的是，唐人公认的第一风流客，却是孟浩然。当然，这个"风流"是潇洒随性的意思。狂放如诗仙李白，都对孟浩然非常仰慕，写过一首《赠孟浩然》，里面有这么几句诗："吾爱孟夫子，风流天下闻。红颜弃轩冕，白首卧松云。"由此可见，孟浩然的风流天下闻名。年轻的时候，他超然物外，对仕途毫不在意，等到了白发苍苍的年纪，却悠然归隐田园，与旧松、白云为邻。这是何等的潇洒。

不一样的少年

永昌元年（689 年），汉水之滨的襄阳城西南郊的岘山上，唐朝山水田园诗泰斗孟浩然出生了。孟浩然的父亲翻出《孟子》，想要从书中找出一个合适的名字。孟父挑了好一阵后，在《孟子·公孙丑》篇中发现了一句话"我善养吾浩然之气"，便用"浩然"给这刚落地的孩子命了名。

尽管是世代书香门第，又自认是亚圣孟子的后人，家中也不缺钱财，但孟家偏生好几代人都与仕途无缘，竟连一个九品芝麻官也没出过，这不得不说是一个莫大的遗憾。

在这样的前提下，孟父几乎把光耀门楣的希望都寄托在了几个儿子身上，尤其是长子孟浩然，打小便让他读圣贤君子之书，练圣贤君子之剑，总之，就是要把他打造成一个学富五车、经世致用的国之栋梁。

在众多诗人中，孟浩然最喜欢陶渊明，总是捧着陶渊明的诗集四处念诵，久而久之，便能模仿陶渊明的风骨，写出一篇篇清新而又洗练的诗章，并为他日后山水田园诗风的形成打下了牢固的基础。

除了读书，孟浩然最喜欢做的事，就是在岘山上到处溜达，或是跟弟弟一起泛舟汉江之上。

在孟浩然眼里，岘山和汉江就是大自然馈赠给这个世界的两大宝藏，这两个地方十步一景，端的是美得不可方物，这辈子纵是让他留在这里做一世渔樵，他亦是无怨无悔。

对孟浩然来说，远离襄阳城的涧南园，就是他心目中的桃花源。这里没有城里的喧嚣吵闹，没有城里的人头攒动，没有城里的车水马龙，有的是开阔的田野、湛蓝的天空、大朵的流云，还有掩映在亭台楼阁中的红花绿草。渔夫们的笑声让他心生欢喜，樵夫们的歌声让他心思缥缈。这样一个神仙洞府般的所在，每天看看花、赏赏月，谈谈佛、论论道，一辈子也就快快乐乐地过去了，还考什么进士、做什么官，难怪孟氏一族好几代人里都没出一个仕途中人呢！

涧南园即事贻皎上人

弊庐在郭外，素业唯田园。

左右林野旷，不闻城市喧。

钓竿垂北涧，樵唱入南轩。

书取幽栖事，将寻静者论。

孟浩然的卧室坐落在一处幽静的角落，打开窗户，就可以望见一片葱茏的树木，每次读书读累了，只要抬起头轻轻地朝窗外望上一眼，便顿觉心旷神怡，满身的疲惫都一扫而光。

孟浩然特别喜欢一个人待在屋子里，享受这种静谧的时光。在夕阳西下的时候，他会掀开窗帘，看树叶在柔暖的光线中悠悠地飘落；在天黑下来的时候，看倦鸟归巢，静静地栖息在窗前枝叶葳郁的大树上；在月亮爬上树梢的时候，看无数的流萤拖着闪烁着星光的尾巴飞绕在水轩之上。

孟浩然喜欢涧南园，喜欢涧南园的一草一木，喜欢涧南园的山水湖石，喜欢在涧南园里信步闲庭，看翠鸟围着兰花嬉戏，观红鲤绕着荷花悠游，看星星落在池塘里的身影，看月光追着溪水奔跑。归隐南山的陶渊明，不也是过的这样的日子吗？既然如此，孟浩然还要考什么科举、当什么官呢？

夏天的时候，每到向晚，孟浩然就会开轩纳凉，一边看池塘里的月亮缓缓在水波里升起，一边听露珠滴落在竹子上发出的声响，一边饶有兴致地嗅着微风送来的阵阵荷香。

兴之所至，他还会坐在窗下，对着月光抚琴一曲，默默地想念已经很久不见的朋友们。那种舒爽的感觉，是任何没有来过涧南园的人所体会不到的。

夏日南亭怀辛大

山光忽西落，池月渐东上。
散发乘夕凉，开轩卧闲敞。
荷风送香气，竹露滴清响。
欲取鸣琴弹，恨无知音赏。
感此怀故人，中宵劳梦想。

尽管孟父并没有过多地束缚孟浩然爱玩的天性，但在科举考试上，他可是一点也不敢松懈。孟浩然十多岁的时候，就把他送到了乡贡的考场上，指望着他在千百个考生当中脱颖而出。孟浩然也没有辜负老父亲的期望，一场考试下来，竟然考取了第一名。这可把孟老爷子高兴坏了。

考中了乡贡，接下来就得去都城参加会试了，可当孟老爷子替儿子打点起行装的时候，平时听话又懂事的孟浩然居然撂了挑子，说什么也不肯去赴考。

面对父亲的不解与诘问，孟浩然只说出了一句"文不为仕"。意思是我学习不是为了做官。听了孟浩然的话，孟老爷子简直气得七窍生烟。

孟浩然母亲苦口婆心地劝慰丈夫："俗话说，三十老明经，五十少进士。浩然才十多岁，让他去参加会试还是早了些，去了也多半是陪考，不如等他年长几岁，再去应考也不算迟。"孟老爷子听夫人这么一说，觉得也有那么几分道理，索性不再逼迫孟浩然，且由着他的性子去了。

受陶渊明诗的影响，孟浩然生就了一颗淡泊名利的心，他对科举考试和当官没有任何兴趣，如果让他自己选择，他宁可和陶渊明一样，终生隐逸林下，过一种"采菊东篱下，悠然见南山"的与世无争的生活。

唐中宗景龙二年（708 年），20 岁的孟浩然因为仰慕东汉名士庞德公，竟然跟好朋友张子容一起，隐居与岘山隔江相望的鹿门山。

庞德公此人素有大才，又久负盛名，荆州刺史刘表曾数次请他出山进府，他都坚辞不受，最后隐于鹿门山，采药而终，极具传奇色彩。

为追慕先贤高风而隐居鹿门山后，孟浩然的生活变得愈加潇洒，每天不是在山寺里闲逛，就是在村子里溜达，早就把科举考试的事抛到九霄云外去了。

夜归鹿门山歌

山寺钟鸣昼已昏，渔梁渡头争渡喧。

此沒骨山水圖其法出自唐楊昇今罕傳矣窮工極妍足大
米點潑墨而多盡其意筆雖譌莖草者大約無不
畫固勝於畫也　道生圖

禪家南北二宗唐時始分畫家之南北二宗亦唐時始分但其
人非南北耳北宗則李思訓父子著色山流傳而為宋之趙榦
趙伯駒伯驌以至馬夏諸人南宗則王摩詰始用渲淡一變
鉤斫之法其傳為張璪荊關郭忠恕董巨米家父子以至
四大家亦如六祖之後馬駒雲門臨濟兒孫之盛而北宗南亦
詰而後寖微至二王峯石跡迸出搃筆亮眼橫秦手建化者真堪玷

● 明·恽向《山水书法册页》（局部）

人随沙岸向江村，余亦乘舟归鹿门。

鹿门月照开烟树，忽到庞公栖隐处。

岩扉松径长寂寥，惟有幽人自来去。

日落西山，江边的渡头依旧喧嚣繁忙，打了一天渔的村民，正踩在松软的沙地上各回各家，唯有他孟浩然超尘出世，独自乘着轻舟归往鹿门山。

夜幕降临，回头望望，四周都笼罩在云烟暮霭中，一种远古的静谧与幽然，缓缓地从心头升起。

再回首，月光已经洒满了一身，树影婆娑，山花烂漫，他信步拾阶，蜿蜒辗转，不知不觉，就走到了庞德公昔时隐居之处。放眼望去，山岩之内，柴扉半掩，松径之下，却唯有他和着满身的清朗，在月夜下怀古思今，独自徘徊。

他喜欢这样的生活，无拘无束，自由自在，像极了一个世外高人。只可惜，参加科举考试进而出仕，依然是摆在他和父亲面前的一道无法逾越的鸿沟。

景云元年（710年），睿宗李旦重新登上帝位。这一年，孟浩然已经22岁了，孟父逼着孟浩然去参加进士试，无耐孟浩然早已下定了决心，面对父亲的催促，他又抛出了一番不愿参加科举的大道理来。

孟浩然认为，唐睿宗的帝位是通过政变夺来的，得来不正，这种不仁不义的事，孟浩然深以为耻，又怎么会去给这样的皇帝当臣子呢？

为了让父亲支持自己的想法，孟浩然甚至搬出了孟家的先祖亚圣孟子说过的一句话："君仁，莫不仁；君义，莫不义；

君正，莫不正。"唐睿宗的行为，与孟浩然学习的圣人之道相
违背，所以他拒不参加科举考试。

听了儿子的一番歪理邪说，孟老爷子简直气得暴跳如雷，
可无论家人怎么劝导，孟浩然就是摆出一副岿然不动的姿态，
被逼急了，便又抛出了他5年前说过的那句"文不为仕"。

孟父这才开始意识到，这个被自己寄予了无限厚望的长
子，恐怕是不可能完成他和整个家族的心愿了，无奈之下，便
也只好任由他继续逍遥在天地山水间。

或许，这就是孟浩然的命吧！孟老爷子认了。

娶妻当娶韩襄客

在襄阳城里，和孟浩然关系最好的，有张子容、张谞、辛
谔等人，加上孟浩然正好七个人，人称"襄阳七子"，俨然是
"建安七子"和"竹林七贤"的接班人。

襄阳七子总喜欢凑在一起，不是饮酒赏花，就是吟诗作对，
要不就是一路高歌，一路游逛。七个人都是襄阳城里的年轻才
俊，气质禀性也都相似，所以聚到一块就有聊不完的话题。而
此时的孟浩然因为科举考试的事跟父亲闹了别扭，索性长期住
在鹿门山，成天和那几个朋友一起喝酒吟诗。

少了父亲的管束，耳边没了母亲的絮叨，孟浩然觉得生活
简直太惬意了。汉江那么妩媚，岘山那么美，万山那么秀丽，
鹿门山那么清幽，他为什么非要执着于科举一途呢？做陶渊
明那样的隐士不好吗？何必要讨个仕途的虚名？

孟浩然和朋友们一起，日复一日地流连在襄阳城的每一个角落，看花，喝酒，赏月，猜谜，访古，探幽，聚会，"侃大山"，完全不知道寂寞为何物。

就在这个时候，他遇上了此生的最爱——韩襄客。

韩襄客是从郢州来的歌女，因为客居襄阳，她便给自己起了个"襄客"的艺名。尽管没有沉鱼落雁之容貌，但也妩媚动人，加之她还有着满腹才华，所以，襄阳城里的达官贵人、名流乡绅就没有一个不喜欢她的，暗地里都铆足了劲，想要把这个清丽窈窕的姑娘娶回家。

偏偏韩襄客谁也看不上，能入她法眼的只有孟浩然。但是，她也明白，孟家是绝对不会让自家子孙娶一个歌女的。所以，即便是芳心暗许，她也从未对他有过非分的期待。

韩襄客并不知道，自打孟浩然在酒楼里第一次遇见她，便已经沉沦了。他想到了汉光武帝刘秀说过的一句话"娶妻当娶阴丽华"，而今他的心里也只有一个想法，那就是"娶妻当娶韩襄客"。

在好朋友张子容的支持下，他鼓足勇气向韩襄客表明了心迹，并郑重其事地告诉她，他要娶韩襄客为妻，做涧南园未来的女主人。

韩襄客不敢相信地盯着眼前的孟浩然，感动得流出了两行晶莹的泪水，刚想要说些什么，但最终还是当着孟浩然的面，毅然决然地摇了摇头。

韩襄客心里很清楚，这不过是孟浩然一个人的想法。想要成为他的妻子，哪有那么容易？孟家父母能同意吗？

娶妻结婚，从来都不是一个人或两个人的事，岂能由着孟浩然的心意胡来？再说了，孟浩然现在兴许就是脑子一热才说出了这样的话，若是他日后悔了怎么办？只怕到那时，他又该埋怨自己拖累了他，葬送了他的前程。既然如此，还不如快刀斩乱麻，彻底断了他的念想为好。

然而，让韩襄客没想到的是，孟浩然是真的铁了心要娶她。歌女又如何？汉武帝的皇后卫子夫还是歌女呢，皇帝都没计较，他一介布衣，又有什么理由计较呢？

孟浩然不管韩襄客怎么想，照例天天跑到酒楼里去听她唱歌，甚至毫不避讳地邀请她一起泛舟赏花。久而久之，韩襄客也就打消了心中的疑惑，不再刻意拉开和他的距离了。

在和韩襄客交往的过程中，孟浩然了解到韩襄客是因为家贫才出来卖艺的，并不是人们眼中那种沦落风尘的女子，免不得对她的怜惜之情又增添了几分，并在心中暗暗起誓，无论如何，他都要娶韩襄客为妻。

他带着韩襄客终日流连在襄阳城的各处名胜古迹，给她讲襄阳的典故，给她讲他父母和弟弟妹妹们的故事。草长莺飞的季节，他们一起坐在城外的丁香树下歇息，望着眼前体态风流的佳人，孟浩然忍不住脱口吟出了两句诗："只为阳台梦里狂，降来教作神仙客。"韩襄客听罢，思忖片刻后便接着对上了下面两句："连理枝前同设誓，丁香树下共论心。"

韩襄客对孟浩然的心意，都在她的对诗里，一览无余地展现了出来，这一下，孟浩然欣喜若狂，同时也更坚定了要把她娶回孟家来的决心。

哪知道，就在孟浩然要向父母正式摊牌之际，孟老爷子却先听说了儿子和一个歌女终日厮混在一起的消息，气得暴跳如

● 明·唐寅《溪山渔隐图》（局部）

雷，带着家丁去酒楼里把孟浩然抓了回来。

孟老爷子说什么也不可能同意儿子娶一个歌女进门。想他孟家世代书香门第，又是孟子的后人，何等的清白世家，怎么能让一个青楼女子登堂入室呢？这简直就是辱没了列祖列宗的清名，是大逆不道的行为。如果孟浩然果真铁了心要娶这样的女人回来，那他就要跟孟浩然彻底断绝父子关系。

孟老爷子决绝的态度，以及孟浩然义无反顾的坚持，让韩襄客意识到，如果再跟孟浩然牵扯不清，势必会影响到他们父子的关系。痛定思痛后，她决定彻底退出孟浩然的生活，就收拾起行囊，悄悄离开襄阳，返回故乡郢州去了。

韩襄客压根儿不知道孟浩然是个绝对的痴情种，她前脚刚走，孟浩然就打听出她已经回郢州去了，索性一不做二不休，先是背着父亲做通了母亲的思想工作，然后又费了九牛二虎之力，找到了一个既跟孟家是世交，又跟韩襄客的族人有交情的人，这个人名叫桓子。孟浩然便托他前往郢州为自己说媒，誓要把自己心仪的女人名正言顺地娶回来。

一日不见，如隔三秋。孟浩然在自己的终身大事中，表现出了他个性上的倔强与坚定。不管怎样，他都要跟自己最爱的女人结成连理，一辈子厮守在一起。

韩襄客就是他心里的巫山神女，他便是拼着失去一切，也要把她娶回来。

秋霄月下有怀

秋空明月悬，光彩露沾湿。

惊鹊栖未定，飞萤卷帘入。

庭槐寒影疏，邻杵夜声急。

佳期旷何许，望望空伫立。

希望有多强烈，绝望就有多凛冽。尽管孟浩然一心一意要娶韩襄客为妻，但韩襄客却不肯松口。眼看着秋天已经到了，触目所及之处，无不显得萧瑟荒芜，而他和韩襄客的婚事，就如枝上的惊鹊一样，尚未安定，这让他的内心充满了无尽的忧虑与彷徨。

庭院里那株老槐树枝丫稀疏的影子，透着无尽的寒意；隔壁邻人捣衣服的杵声，凄厉而冷清，仿佛在宣告，这份守候将遥遥无期。

怎么办？难道这事就这么算了吗？思来想去，孟浩然决定从韩襄客父母身上入手，遂准备了丰厚的礼物，继续拜托桓子再替他走一趟郢州，务必要拿到韩家父母的婚书。

果不其然，当韩家父母得知孟浩然长得一表人才，又是才华横溢的大才子，而孟家更是襄阳城首屈一指的大户后，就应承了这门婚事，托桓子把婚书带回了襄阳。

有了韩家的婚书，也就事半功倍了，最后的一关就是说服自己的父亲接受现实，同意他把韩襄客娶进门来。偏生孟老爷子比孟浩然还要倔，当他得知儿子竟然瞒着自己跟韩襄客定了亲后，不仅气急败坏地把儿子狠狠斥责了一顿，更立即派人去郢州找到韩家，毅然决然地替孟浩然退了这桩婚事，且怒不可遏地扬言，如果孟浩然还不肯死心，非要把一个青楼歌女娶回来，那他就只能永远都不再认他这个儿子了。

　　孟浩然想不明白，父亲为什么那么不待见韩襄客，已经跟他说过千百遍了，韩襄客并不是他想象中的那种青楼女子，而是一个清清白白的好姑娘，可他就是听不进去，又有什么办法？

　　不管怎样，孟浩然都是铁定了心要娶韩襄客为妻的，即便父亲永远都不可能同意，他也不会选择放弃与妥协。

　　等啊盼啊，很快就到了除夕夜。眼看着新春将至，孟浩然对韩襄客的思念也跟着与日俱增。听着门外的爆竹声，他彻夜难眠，索性披了衣裳走到案边，枕着满腹的柔情蜜意，为她写下满纸的相思。

　　写完诗后，孟浩然再也按捺不住了，当即收拾好行囊，次日一早，便登上舟船，直奔郢州而去。

　　他不知道前方迎接他的会是什么，不知道韩家人会不会因为退婚的事迁怒于他，不知道韩襄客见到他后会是什么态度，更不知道父亲是不是真的再也不会原谅他了。

　　他只知道他是真心爱着韩襄客的，对于爱情，他的态度也一直都是很明确的，哪怕永远都得不到父亲的支持与祝福，他也绝对不会弃韩襄客于不顾。

途次望乡

客行愁落日，乡思重相催。
况在他山外，天寒夕鸟来。
雪深迷郢路，云暗失阳台。
可叹凄惶士，劳歌谁为媒？

前路茫茫,孟浩然孤身一人奔赴他想要的爱情,心里既充满了甜蜜,也掺杂了无尽的悲凉与凄惶。劳歌谁为媒? 其实他自己也知道,只要两个人心心相印,哪里还需要什么良媒呢!

抵达郢州后,他一路寻访,很快就找到了韩家。当他在门前见到自己日思夜想的心上人时,终于忍不住流出了悲喜交集的泪水。

他的执着感动了韩襄客,也打动了先前因为被退婚而感到义愤填膺的韩家人。韩家父母很是认可这个未来的女婿,什么话也没说,便把他留在家里住下了。很快,岳父就在他的坚持下,在郢州给他和韩襄客举办了简单的婚礼。一对璧人,历经各种挫折后,终于做成了名正言顺的夫妻。

洞房花烛夜,他们彼此依偎在对方的怀里,道不尽的深情,说不完的温存。彼时,孟浩然的眼里只有他如花似玉的娇妻韩襄客,韩襄客的眼里也只有她玉树临风的丈夫孟浩然,一对新人,端的是如胶似漆,恩爱有加。

然而,就在他们以为人生之舟已经行驶到最幸福的港湾之际,命运的陀螺却在不知不觉中,为孟浩然开辟出了一条漫长又艰辛的奔走之路。

婚后不久,韩襄客便有了身孕,次年就给孟浩然生下了一个大胖小子。孟浩然满以为,生了儿子以后父亲就能接受韩襄客,便带着妻儿回到襄阳,去涧南园向父母负荆请罪。

然而,孟父还是坚决不肯同意韩襄客踏入孟家大门半步。在孟老爷子眼里,韩襄客永远都只是一个摆不上台面的青楼女子,她生下的孩子也不过是私生子,想要让这个孩子认祖归宗，除非他死了咽了气，否则就是连门都没有的事！

无奈之下，孟浩然只好带着妻儿，重新回到了他隐居的鹿门山，在鹿门山的茅屋里，过上了只属于他们一家三口的小日子。不过这一切孟浩然都不在乎，只要他和韩襄客彼此的心里都装着对方，即便每天都吃糠咽菜，他也能嚼出幸福的滋味，想要让他丢弃妻儿，那是永远都不可能的事！

拒绝参加科举考试，搬到鹿门山隐居，娶了个身世不清不白的歌妓来辱没门庭，而且还生了个孩子出来，这还成何体统？孟老爷子已然对孟浩然这个儿子完全失去了耐心，儿子倔强的态度，让他们父子间最后的一点亲情也彻底被消磨殆尽，所以他不仅不肯让韩襄客母子进门，更把孟浩然给逐出了家门，有生之年都不曾再和这个不争气的儿子见过一面。

在无尽的失望与愤懑中，孟老爷子彻底和孟浩然决裂了，没过多久便一病不起，在病榻上咽下了不甘心的最后一口气。孟老爷子给家人留下的最后的遗言是，谁都不允许放那个歌女进门，也绝对不能让她以儿媳的名义为自己守丧。

孟浩然本以为时间会是一剂良药，会最终解开父亲心里的死结，没想到这个结非但没有解开，到最后居然还变本加厉，不仅没能让韩襄客名正言顺地迈进孟家的大门，就连自己和父亲和解的机会也彻底地失去了。

在父亲的灵堂前，孟浩然第一次傻眼了。是的，他用自己的奋不顾身，和常人难以理解的执着，赢来了属于他的爱情，却也同时输了父子亲情。现如今，父亲已经变成了一具冰冷的尸体，再也不会埋怨他、训斥他，与他发生各种激烈的争执，可他也无法再寻回往日的父子之情了。从此后，他孟浩然注定要成为一个不肖子孙，一个任由人们唾骂鄙薄的不孝子，而这一切，真的不是他想要的。

求而不得

712年，李隆基登基即位，一个生机勃勃的中土大国，以闪耀的身姿出现在了世人面前。

同年冬天，24岁的孟浩然送好友张子容进京参加科举考试，难舍难分之际，他赋诗一首，以表达彼此依恋的感情，但此时此刻的他，依然没有生出半分步入仕途的心思。

张子容一举即中，在为好友感到高兴的同时，孟浩然照例沉浸在山水之间，对参加科举考试依旧没有打算。

守着妻儿过一辈子，陪他们在鹿门山看春花秋月，陪他们在茅屋里听鸟语虫鸣，也不失为人生一大乐事！那些建功立业的大事，就交给张子容他们去做吧！

他的心落在了岘山上，落在了汉江上，他就是为襄阳而生，即便死了也要死在襄阳。于是，孟浩然又心无旁骛地在襄阳城度过了几年无忧无虑的时光，直到29岁的他在洞庭湖游历时，遇到被贬为荆州大都督府长史的宰相张说。

张说早就听说过孟浩然学富五车、才华横溢，遂有心举荐他入仕，而此时的孟浩然也因为父亲的去世和妻子始终得不到孟氏族人的认可，心境慢慢起了变化，遂有了步入仕途的想法。

二人一拍即合，相谈甚欢，孟浩然更挥笔写下了著名的干谒诗《望洞庭湖赠张丞相》，希望张说能够提携他。

望洞庭湖赠张丞相

八月湖水平，涵虚混太清。
气蒸云梦泽，波撼岳阳城。
欲济无舟楫，端居耻圣明。
坐观垂钓者，徒有羡鱼情。

　　从字里行间，我们能体会到孟浩然苦于无人提携，急切想要迈入仕途的心情。

　　张说很欣赏他的才气，尤其是看到他新写的干谒诗后，更是欢喜得不行，酒过三巡后，立即写奏章向朝廷推举他，但遗憾的是，这次推荐并没有引起唐玄宗的注意。

　　父亲去世后，孟浩然虽然无法回到涧南园，但毕竟是世家之子，手上还是有些积蓄的，他们一家三口的日子倒也过得并不局促。可孟浩然这个人生性喜欢玩，喜欢跟朋友结交，时常组织一些聚会，花钱如流水，久而久之，这日子也便开始过得捉襟见肘了。

　　就在孟浩然进献干谒诗给张说后没多久，他的好朋友杜晃只身去了江南，这更让他生出了满怀的惆怅与离别的愁绪。之后，他另一个朋友张去非也离开襄阳，前往巴东一带漫游，他心底的怅惘与失落便又添了一层。

　　眼见得朋友们一个个地离开了襄阳，孟浩然也坐不住了。罢了，既然仕途无望，那就去江南一带游历吧，不管怎样，增长些见识也是好的啊！

　　孟浩然是一个绝对的行动派，想到就会做到，在把妻儿安顿好后，他便第一次踏上了漫游之路。

在江南游逛了数年后，孟浩然又回到了襄阳。开元十二年（724年），36岁的孟浩然继续在家乡游学的时候，有幸结识了新任襄州刺史韩思复，并得到韩思复与襄阳令卢馔的赏识。

共同的理念和追求，让孟浩然和两位地方大员相见恨晚，很快就结成了忘形之交。因当时玄宗皇帝移驾洛阳，准备前往泰山封禅，韩思复和卢馔为孟浩然的前途着想，分别给他写了推举书，劝他去洛阳求仕。

为了给妻子一个名分，让儿子仪甫能够顺理成章地认祖归宗，孟浩然接受了二位大人的建议，只身赶赴洛阳，开启了他长达十余年的干谒之路。

在洛阳，孟浩然认识了很多名流，唯独没有见到唐玄宗。那段时间，玄宗皇帝一心扑在封禅大典上，根本没心思忙别的，所以韩思复和卢馔写的推举信，双双石沉大海。

怎么办呢？这时候走也不是，不走也不是，孟浩然只好选择暂时留在了洛阳，一边结交达官贵人，一边等待机会。第二年，对他有知遇之恩的韩思复死在了任上，这对孟浩然来说，无疑是晴天霹雳。

韩思复的死，直接影响了孟浩然的前程，让他在洛阳滞留了三年却一无所获。或许这就是他的命吧。开元十四年（726年）的夏秋之交，心灰意冷的孟浩然离开洛阳，一路东下，再次踏上了漫游江南的路途。

就在这次游历的路上，他遇见了比他小12岁的诗人李白。当时的李白年仅26岁，还没什么名气，但他对已经年届38岁的孟浩然却是崇拜得五体投地，不仅花钱如流水地请他喝酒吃肉，还写了一首《赠孟浩然》夸奖他，直把孟浩然逗得心花怒放，那些积压在心底已久的阴霾，也一扫而光了。

赠孟浩然

吾爱孟夫子，风流天下闻。
红颜弃轩冕，白首卧松云。
醉月频中圣，迷花不事君。
高山安可仰，徒此揖清芬。

和李白分别后，孟浩然应已在浙江乐成县担任县令的老友张子容之邀，开启了浙东之游，并留下了众多脍炙人口的伟大诗篇。《宿建德江》就是其中一首。

宿建德江

移舟泊烟渚，日暮客愁新。
野旷天低树，江清月近人。

张子容是孟浩然少年时期就结识的好友，二人曾经一起隐居在鹿门山，感情非常好，所以孟浩然一来，就受到了最高规格的接待。

千里相会，终有一别。孟浩然离开的时候，张子容既不舍又悲伤。因为深知老友的个性，遂作《送孟八浩然归襄阳二首》，表达了自己不久将要弃官回归故里的想法，并劝喻孟浩然不要再心生仕进的念头，不如抱定少年时期的志向，终生都做个世外人好了。

然而，其时的孟浩然，已经不是从前的那个孟浩然了。过了年，他都 39 岁了，可他深爱的妻子韩襄客却还没有得到孟氏族人的认可，他唯一的儿子孟仪甫都十几岁了，也一直未能认祖归宗，他怎么还能像从前那样任性而为呢？

年近不惑，他需要考虑的事实在是太多了。父亲的去世，一直是他心中最大的隐痛，如果不能迈入仕途，完成父亲多年的心愿，他又如何对得起九泉之下的父亲？

韩襄客无名无分地跟了他十多年，可却始终没能迈入孟家大门一步，到底算是他的妻还是妾？无论如何，总要给她一个名分的，否则这辈子他都不会心安。可若没能走进官场，又该拿什么来换得孟氏族人对他的支持与理解呢？

开元十五年（727 年），刚从浙东回到襄阳没多久的孟浩然，再次辞别妻儿，踏上了前往长安的征程。

去长安的目的只有一个，那就是参加当年的科举考试。孟浩然做梦也没想到，17 岁那年因为不愿参加会试而跟父亲闹翻的他，会在 22 年之后，主动走上科举这条路，说起来既感伤又讽刺。可为了妻子，为了儿子，为了自己，他必须要走这一步。

在长安，孟浩然认识了诗人王维，还有边塞诗人王昌龄。和李白一样，王维也是孟浩然的"小迷弟"，而且他们还有个共同的特点，就是都向往恬淡舒适的田园生活，都把陶渊明当作自己的偶像。

他乡遇知音，孟浩然自是神清气爽。他们时常结伴到曲江游逛，到酒楼饮酒。在春榜尚未张贴的时候，王维甚至曾带着他去秘书省参加了一次小范围的诗会。

参加诗会的都是当世文坛顶级的文人，除了刚认识的王维、王昌龄，还有张九龄、张说、裴朏等人，可以说，个个都是高手中的高手。

尽管与会的都是响当当的著名人物，孟浩然并没有发怵。毕竟这些人当中，张说是他的老相识了，王维又是他的"迷弟"，他们早就对他的才华非常认可，他自是信心满满且乐得写诗一番，只一句"微云淡河汉，疏雨滴梧桐"，就让在场的所有人纷纷搁笔叫好，并心悦诚服地将他的诗篇奉为第一。

开元十六年（728 年）初春，就在孟浩然为自己的才华自鸣得意，且写下《长安早春》抒发渴望及第的心情之际，严酷的现实却给了他一记沉重的打击，因秘书省诗会名震京师的他，居然意外地落榜了。

长安早春

关戍惟东井，城池起北辰。

咸歌太平日，共乐建寅春。

雪尽青山树，冰开黑水滨。

草迎金埒马，花伴玉楼人。

鸿渐看无数，莺歌听欲频。

何当遂荣擢，归及柳条新。

对自己的才华颇为自负的孟浩然，怎么也不敢相信这个残酷的事实。他可是 17 岁就高中乡贡第一名的大才子啊，这二十余年来，一直都是他在抗拒参加科举考试，好不容易脑子转过弯来了，带着无限的希望赶赴京城来参加考试，怎生就得了一个落榜的结局？

何以解忧，唯有杜康。为了排遣郁闷，王维和王昌龄只好天天带着孟浩然出来喝酒。有一次，王维喝多了，要带孟浩然到他的官署里坐坐。孟浩然也不推辞，就跟着他去了。没想到二人屁股还没坐热，连一杯茶也没来得及喝下，外面就有人报说皇上驾到，这一下，可着实把孟浩然惊着了。

王维是见过大世面的，连忙整理了下官服，镇定自若地看着孟浩然说："浩然兄，这可是天赐良机啊，一会儿皇上进来了，你可得好好表现，若是应对得体，说不定皇上一高兴，当场就赏你个官做做呢！"

"在皇上面前好好表现？可我从来都没见过皇上，也摸不清皇帝的脾气禀性，倒是要我如何表现呢？"

"哎呀，这还不会吗？这可是一个千载难逢的绝佳好机会，过了这个村就没这个店了，你可千万不能掉链子！"

孟浩然有些惊慌失措地盯着王维，想要说些什么，却一句也说不出来，尽管他也不是没见过世面的人，可见皇帝却是他有生以来头一遭，而且还是仓促遇见，万一他说错了话，不就弄巧成拙了嘛！

正当孟浩然不知所措之际，唐玄宗已经从外面踱着步子走了进来。王维正准备把孟浩然介绍给唐玄宗，一回头，却发现人不见了。原来，孟浩然觉得自己是一介布衣，按照规定不能见皇上，所以情急之下就钻到了床底下。

眼尖的唐玄宗早就看到了案上摆着的两杯冒着热气的茶，便看向王维问他是何人来过，王维只能如实禀报。

机会就这么猝不及防地来了，唐玄宗望着从床底下狼狈钻出来的孟浩然，忍不住失声笑了出来。这不就是那个在秘书省的诗会中写下"微云淡河汉，疏雨滴梧桐"的大才子孟浩然嘛，怎么见到皇帝就躲到床底下去了呢？

唐玄宗对这个仅比自己小了4岁的大诗人倒是很感兴趣，便问他："最近有没有写什么新诗，有的话可以念给朕听听。"

孟浩然哪里见过这种架势，心里一紧张就出乱，居然缓缓念出了一句自己最近新写的诗："北阙休上书，南山归敝庐。"此话一出，首先是王维的心里立马咯噔了一下，紧接着唐玄宗脸上的微笑也消失不见了。可孟浩然没有注意到，只顾着低头继续吟诵："不才明主弃，多病故人疏。"

话音刚落，唐玄宗的脸色明显挂不住了，渐渐露出了怒色。这说的都是什么啊？上来就说不要给皇帝上书，要回老家去归隐，然后又接着说自己被皇帝抛弃了，这不明摆着是在抱怨他这个当皇帝的没有重用他这个大才子嘛！

好，你是大才子，我是个昏君，行了吧？李隆基再也听不下去了，瞪大眼睛望着孟浩然，没好气地斥问："你自己不积极求官，我可从来没有抛弃你，为什么要诬陷我？"话一说完，他就丢下魂不守舍的孟浩然和不知所措的王维，拂袖而去。

因为一首不合时宜的诗作，孟浩然彻彻底底地得罪了刚愎自用的李隆基，不仅断送了唯一一次可以进入官场的机会，还给皇帝留下了极差的印象，万不得已之下，他只好带着满心的失意与疲惫，极度消沉地回到了襄阳。

　　此刻的孟浩然，已经对仕途与前程彻底失去了信心。张子容说得不错，他这样的个性根本就不适合在官场里厮混，还不如继续漫游天下，穷极山水之胜的好。

　　在襄阳稍事休整后，孟浩然终于通过自己不懈的努力，让孟氏族人接受了妻子韩襄客和儿子孟仪甫，让他们名正言顺地搬进了涧南园，了却了他的后顾之忧。安顿好妻儿后，他便立即启程东下，开始了他生命中的第三次江南之旅。

　　开元十七年（729年）春，41岁的孟浩然在武昌黄鹤楼遇见了多年不见的李白。李白依旧是当年那个初见孟浩然时的"小迷弟"，只要站在孟浩然面前，就会露出满脸崇拜的表情，亲切得不行，当听说孟浩然要去维扬一带旅行后，他为之挥毫写下了流芳百世的诗篇《黄鹤楼送孟浩然之广陵》。

　　同年夏，孟浩然在江南结识了一个叫曹三的御史，并有幸得以与曹三御史一起泛舟太湖。曹三御史拟把孟浩然推荐给朝堂，但刚刚才在长安遭逢过那么尴尬的面圣经历，孟浩然自知定然不会得到皇帝的首肯，便写诗一首婉言谢绝了对方的好意。

　　这一次吴越之旅，孟浩然一逛就是三年。这三年当中，他见过很多人，也结交了很多朋友，诗更是写了很多，郁闷了许久的心情也变得开朗多了。

　　开元二十二年（734年），46岁的孟浩然再次动身前往长安求仕。这一次，他没有打算继续参加科举考试，而是迈上了干谒的道路，甚至走了宰相张九龄的门路，但依然不得要领，又一次以失败告终，只能灰溜溜地离开了长安。

　　回到襄阳后的孟浩然，彻彻底底对仕途死了心，终日隐居在涧南园内足不出户，不是写诗，就是养花，日子倒也过得潇洒滋润。

又过了一年，开元二十三年（735年），韩思复的儿子韩朝宗突然出现在了他的面前。因感念孟浩然当年曾和襄阳令卢馔一起，为其父亲立石岘山之上，这位新上任的襄州刺史，决定拉他一把，并要带他一起赴京，给他创造入仕的机会。

其时，孟浩然因上一年干谒张九龄未果，对当官已经不再抱有任何的期望，但韩朝宗毕竟是一番美意，他也不好贸然拒绝，便随口答应了下来。

韩朝宗以喜欢举贤荐能闻名于世，就连大诗人李白也在诗里吹捧他说"生不用封万户侯，但愿一识韩荆州"，由此可见，能得到韩朝宗的赏识，是很多士人都求之不得的机会。

韩朝宗特别欣赏孟浩然的才华，遂打算在自己回京述职的时候，把孟浩然带在身边，然后再找准机会把他举荐给朝廷，替他谋个一官半职，并跟他约好了赴京的时间，孟浩然也都爽快地答应了。

等到真要走的那天，韩朝宗在约定的地方，却是左等右等也等不到孟浩然的身影，便赶紧派人四处去找，最后却发现他正跟一帮好朋友聚在一起喝酒。

来人好心提醒他："刺史大人还在等着你呢，可千万别误了你们之间的约定啊！"喝得烂醉如泥的孟浩然，竟然呵斥来者："已经在喝了，管他呢！"韩朝宗听了，只好一个人走了。

其实，孟浩然只是想通过这种方式，来拒绝韩朝宗的美意，连皇帝身边最当红的张九龄都替他说不上话，韩朝宗的面子又能值多少钱呢？他倒不是看不上韩朝宗的实力与本事，而是自知不待见于玄宗皇帝，就算天皇老子出来替他说话也是无济于事，又何必再上赶着自讨没趣呢？

不参加科举考试，不当官，是孟浩然少年时期立下的志向，哪承想，老了老了，他却违背了自己当初的意愿，走上了一条谋求仕进的路，这哪里还有一点那个以陶渊明为终生偶像的倔强青年的影子？

人生之路多艰辛，为了妻儿的名分，为了让父亲在九泉之下能够原谅自己，为了得到孟氏族人的认可，曾经率性而为的他，终究还是活成了一个令他自己都讨厌的人。

当官真的有那么重要吗？已经 47 岁的孟浩然忍不住扪心自问。其实，终其一生，只做个布衣也挺好的，尽管不能在朝堂上叱咤风云，但好在清心寡欲、平安顺遂，为什么非要去营谋那些自己都不曾看得上的虚名浮利呢？

踏雪寻梅，梦过无痕

孟浩然在长安参加科举考试期间，与王维成了亲密无间的挚友。有一次，他与王维同作梅花诗，却总觉得王维的咏梅诗句更胜自己一筹，便虚心向王维请教。

王维告诉他说："万千字词任其用，诗之精灵在四周。"孟浩然听后深受启发，便决心要到深山里去看看真正的梅花，好好地体会一下它的品格与气节。

梅花都是在寒冬腊月里凌雪绽放的，往往又都生长在人迹罕至的深山里，所以，孟浩然要找到它们倒也并非易事。然而，孟浩然铁了心要看看这雪中的精灵，便在一个寒风呼啸、大雪纷飞的冬日，迎着凛冽的风雪，只身进山寻找梅花去了。

那白雪皑皑的地面上，留下了他一串串的足迹，山里的乡民们见状，都惊奇地问他是不是丢了什么东西，他则抬起头乐呵呵地回答："我是在这里寻梅啊。"于是，"踏雪寻梅"的典故由此传播开来，乃至成了一个被世人津津乐道、口口相传的经典意象。

第二次从长安回到襄阳后，孟浩然把踏雪寻梅的雅兴也带回了家乡，每逢冬季下雪的时候，经常会有人看到他在岘山上冒雪赏梅，仿佛痴了一般。

也就在这个时候，他在长安干谒过的宰相张九龄，因受到奸相李林甫的排挤，被贬为荆州大都督府长史。甫一到任，他就把孟浩然找来做自己的幕府从事，而这也是孟浩然生平第一次，也是唯一一次出来为官府做事。

这一年，是开元二十五年（737年），孟浩然已经49岁了。在张九龄的幕府里，孟浩然也没有什么重要的事要做，无非就是陪着张九龄一起游山玩水，顺带写写歌功颂德的诗句。时间一长，他便感到不自在了，就辞职回了襄阳。

开元二十六年（738年），50岁的孟浩然在襄阳患上了背疽，只好留在涧南园里养病。一年后，他在长安结识的好友王昌龄被贬岭南，经过襄阳的时候顺道来探访他。作为东道主，他在涧南园里盛情款待了王昌龄，并亲自把他送到了城外。

开元二十八年（740年），王昌龄遇赦北归，再次途经襄阳，自然要来看望孟浩然。

孟浩然没想到这么快又能见到王昌龄，高兴得忘乎所以，不仅热情地拿汉水特产查头鳊招待老友，还忘情地喝了很多酒。经过长期的治疗后，他的背疽眼看就要好了。背疽有个禁忌，就是不能食用河鲜，可他激动之下，早就把大夫的叮咛抛到了九霄云外，不仅喝了很多酒，还陪着王昌龄吃了不少查头鳊，导致背部的毒疮再度发作，不久就逝去了。

孟浩然不愧是孟浩然，死也死得如此与众不同，可他死了，却给他的朋友们带来了无尽的伤痛。他的死讯传出后，李白哭了，张子容哭了，王维也哭了，可再多的哭泣与悲伤又能怎样？人死不能复生，就像落花不能重新飞上枝头一样，奈之若何？

孟浩然走了，挥一挥衣袖，不带走一片云彩。汉江的水，兀自向东流去，可那位青衫布衣的田园诗人，却又去了何方？是用一支狼毫，担起了山水的灵秀，还是借了满笺的墨香，遁进了浩瀚的云霭？

唐·吴道子（传）《八十七神仙卷》（局部）

叁

王维

温润如玉·贵公子

　　众所周知，王维是唐代著名诗人。但其实，他也是出色的画家和音乐家。苏轼曾说："味摩诘之诗，诗中有画；观摩诘之画，画中有诗。"王维独创的泼墨画法，对后世产生了深远的影响。除此之外，他还为后世留下了《山水论》《山水诀》等绘画理论著作。正因为如此，他被后人推为南宗山水画之祖。

　　王维在音乐上也颇有建树，他可以仅凭一幅画里每个人手拿乐器的姿势，就轻而易举地判断出画中人所演奏的曲目，而且毫厘不爽。这样的天赋，着实令人震惊。

　　如果说，李白是一匹脱缰的野马，他的狂傲不羁，是每个后世人心中脱离藩篱的一个梦，那么王维就是一颗温润如玉、光洁细腻的珍珠。

　　他长身玉立，肌肤洁白；他眉目如画，风姿郁美。他经历过人世间的繁华，也经历过地狱般的冶炼，而后，心甘情愿地放空一切，不慕荣华，不求富贵，只任身心和大自然融为一体，和整个宇宙融为一体，最终达到了"天人合一"的人生最高境界。

全能才子

太原王氏，是唐朝的五大望族之一。王维就出生在这个家族。可以说，他是含着金汤匙来到这个人世间的。

他降生的那年，父亲王处廉升任汾州司马，顺带着把家也迁到了河东，这样一来，王维便变成了河东人。

王维的母亲崔氏，出自当时的另一大望族博陵崔氏，端庄有礼，且笃信佛教。崔氏在出阁之前就已经开始吃斋念佛了，嫁到王家之后，她也没有放下自己的信仰。

王维名字中的"维"，以及字"摩诘"，都是母亲崔氏依据《维摩诘经》替他取的，意为洁净、没有污垢。也就是说，王维从来到这个世上的那一刻起，身上便被播下了佛门清净的种子，也难怪他日后会笃奉佛教，被后世人称为"诗佛"了。

王维甫一落地，便是令世人钦羡的贵公子，良好的家学，加之聪颖过人的天赋，让他在很小的时候就显露出非凡的才识。

父亲见他是个可塑之材，自是不敢放松对他的各种素质教育，不仅亲自教授其诗文，还请来祖父王胄的得意弟子教授他各种乐器，让他接受各种艺术的熏陶。

说来也怪，年幼的王维不仅对诗文很感兴趣，对音乐更是有着超乎寻常的热爱，随便拿起一件乐器，马上就能奏出流畅的旋律来，这不得不让人怀疑他是继承了祖父身上的音乐细胞。

王维出生的时候，祖父王胄就已经去世了。王胄曾经做过唐高宗和武则天朝的协律郎，掌管校正乐律。所以说，王维早早地就对音乐表现出浓厚的兴趣，也不是无迹可寻。

据传，成年后的王维对音律颇有研究，不仅以诗才画名闻名于世，亦以精通乐理受到人们的尊敬与追捧。从下面这个流传甚广的故事，便可一窥端倪。

王维晚年的时候，有个显贵不知道从哪儿得到了一幅《奏乐图》，但他搞不清这画上的乐师演奏的到底是什么乐曲，就跑过去向王维请教。

王维只是粗略地看了一眼，便根据画中乐师演奏的姿态，非常笃定地告诉对方："这画的是《霓裳羽衣曲》中第三叠的第一拍。"显贵听他这么一说，犹自将信将疑，并立马找来乐师，按照乐谱进行弹奏。结果，与王维所说的分毫不差。

这件事传播出去后，王维的名声也变得越来越大了。要知道，在唐朝，会写诗的才子很多，但懂得乐理的人却不多，像王维这种根据画中人物的姿态，就能精确地说出演奏的是第几叠第几拍的文人雅士，实属凤毛麟角。

除了会写诗，精通音律，王维还擅长画画。从小，他就从擅长水墨画的母亲崔氏那里，学到了各种绘画的技巧。在母亲孜孜不倦的教导下，小小年纪的他不仅洞晓佛理，而且工于书画。闲暇时，他经常会拿起湖笔，学着母亲的样子，在书案上涂涂抹抹，一画就是一整天。

既会作诗，又会画画，还会弹奏各种乐器，对佛经也多有研习，这样的王维谁不爱？尽管父亲母亲又连续给他生了五个弟弟妹妹，但作为家中的长子，他依然受到了绝对的关注与宠爱。

天有不测风云。王维9岁那年，父亲王处廉突然因病去世，他现世安稳、岁月静好的日子，也随着父亲的离开而中止了。

父亲的离世，让王维一家失去了靠山，原本殷实的家境，马上就陷入了困窘之中。

尽管身处异乡，还要养活六个嗷嗷待哺的孩子，但崇信佛教的崔氏并没有被生活击倒，她愣是咬着牙坚挺了过来。崔氏没有带着孩子们回太原投奔王氏族人，也没有回博陵娘家依靠父母兄弟过活，而是选择了继续留在河东。

崔氏强忍住内心巨大的悲痛，为丈夫处理完后事，将家中的仆人通通遣散，又通过变卖家产积攒下一笔抚育儿女的费用。为了补贴家用，她还经常做些绣品拿出去卖。在风雨飘摇之中，她依靠自己的力量，把六个孩子抚养长大，并保证他们过上健康快乐而又无忧无虑的生活。

在王维眼里，母亲一直都是伟大而又慈祥的，即便生活艰难，但她从未在孩子们面前流露出一丝一毫的悲伤情绪。

生活的困窘和局促，9岁的王维一一看在了眼里。他特别心疼孀居的母亲，总想着帮助母亲做些力所能及的事，以减轻母亲身上背负的重担。于是，他在家门外摆起了摊子，卖起了他平日里涂鸦的画作。在他的带领和影响下，只比他小1岁的弟弟王缙，也经常会帮助邻里写信以换取一定的报酬。就这样，全家人度过了那段最为艰难的岁月。

太原王氏和博陵崔氏，都是妥妥的高门世家，身上留着王、崔二族的血液，王维自然不敢玷污了先人的名声。那个时候，他满心想的都是要光宗耀祖，而读书和参加科举考试，便成了他唯一的出路。

隋唐时期，天下有"五姓七望"之说，即陇西李氏、赵郡李氏、博陵崔氏、清河崔氏、范阳卢氏、荥阳郑氏、太原王氏。这七大家族，是世家大族中的世家大族，往往只跟同等门第的望族联姻，就连贵为天胄的李唐宗室，他们也不放在眼里。

据传，唐文宗曾为庄恪太子李永选妃，经过层层筛选，宰相郑覃的孙女脱颖而出，成为太子妃的最佳人选。于是，唐文宗就对郑覃表达了自己的心意，直接告诉他，皇家希望太子能娶他们荥阳郑氏的女子为太子妃。让唐文宗意想不到的是，郑覃压根儿就不给皇帝面子，不仅直接婉拒了这门婚事，还急忙把孙女嫁给了同为五姓望族之一的崔家子弟崔皋，而当时的崔皋，仅仅是个九品卫佐，与李唐王朝继承人的身份，简直是天差地别。

当唐文宗听说郑覃宁愿将自己的孙女嫁给九品小官，也不愿许配给太子为妃时，不禁感慨万千地说："民间姻亲不崇尚官品却注重门第，难道我李家做了两百年的天子，还比不上山东旧族吗？"

出身于这样的名门世家，对王维来说既是筹码，也是压力。如果自己考不中进士，那岂不是要辜负了母亲多年来的栽培，更要让九泉之下的父亲蒙羞吗？

为了这个目标，唐玄宗开元三年（715年），15岁的王维摩拳擦掌，第一次离开家乡，向着远方的长安进发。

鲜衣怒马少年时

这趟长安之行，对王维来说，就是一次追梦之旅。鲜衣怒马少年时，且行且歌且从容。甫入长安，放眼望去，王维看到的是壮丽巍峨的城池、风光绮丽的曲江、繁华富庶的街市和华衣锦裳的丽人，还有那琳琅满目的叫不出名字来的美食。一切的一切，都让年仅15岁的王维眼花缭乱。原来这就是长安，气宇轩昂的长安，有容乃大的长安，风流富贵的长安，流金淌玉的长安，潇洒宽厚的长安，难怪天下的士子们拼尽了全力，也要走进这座城池里来呢！

长安的一切，都让王维觉得新鲜而又神奇。他第一次在街市上见到了从波斯国传进大唐的各种奇珍异宝，第一次在曲江边看到从西域来的舞女穿着艳丽的衣服大跳胡旋舞，第一次在酒肆里碰到满面黝黑的昆仑奴，也是第一次遇见那么那么多的文人墨客，有好些都是他从前在家乡只闻其名的大才子。

繁华的长安城，让年少的王维变得越发意气风发。望着眼前车水马龙的朱雀大街，他突然意识到自己的梦想终于有了绽放的天地。于是，在准备科考之余，他穿梭在这座城池的每一个角落，或是去拜访有名望的诗人，或是拉上刚刚结识的三五好友去曲江赏景。

王维第一次前往长安的时候，李白还在青城山练剑，杜甫还只是个在洛水边玩耍的顽童。尽管那一年他并未能顺利登科，但也丝毫没有影响他的好心情，更没让他对未来失去信心与希望。

他坚信，以他的才华，高中进士只是时间问题，那就等下一次再来长安继续参加科考好了，说不定到时候，他不仅能如愿以偿地考中进士，还能夺得魁首，高居状元之位呢！

离开长安之前，王维写下了让他名声大噪的诗歌《少年行》。"新丰美酒斗十千，咸阳游侠多少年"，只这一句，便写尽了他当年初入长安时的潇洒与落拓。

少年行四首

其一

新丰美酒斗十千，咸阳游侠多少年。

相逢意气为君饮，系马高楼垂柳边。

其二

出身仕汉羽林郎，初随骠骑战渔阳。

孰知不向边庭苦，纵死犹闻侠骨香。

其三

一身能擘两雕弧，虏骑千重只似无。

偏坐金鞍调白羽，纷纷射杀五单于。

其四

汉家君臣欢宴终，高议云台论战功。

天子临轩赐侯印，将军佩出明光宫。

这四首诗，从不同的侧面，描绘了一群急人之难、豪侠任气的少年英雄，显示了盛唐社会游侠少年踔厉风发的精神面貌，亦表现出了王维的政治抱负和远大理想。

组诗的每一首都各自独立，各尽其妙，又可以合而观之，构成一组结构完整而严密的诗章。王维用笔或实或虚，或显或隐，舒卷自如，不拘一格，体现了他早年诗歌创作雄浑劲健的风格和浪漫气息，同时也彰显出了强烈的英雄主义色彩。

可见，15岁的王维对英雄主义有着他那个年纪的独特理解，所以他根本就没有把落榜这回事放在心上，心心念念的都是建功立业，实现自己的抱负。

在长安游荡了几个月后，王维回到了蒲州，再次过起了半读书半卖画的生活。日子虽然清贫，但他那颗渴望出人头地的心却更加坚定了。

两年后，王维再次踏上了西去长安的路途，参加了他人生中的第二次科举考试，尽管又一次落了榜，但他依然没有太在意。

这一次，他在长安停留的时间比较长。在此期间，因为思念家乡的亲人，他还满含深情地写下了一首震撼整个文坛的诗作《九月九日忆山东兄弟》。这一年，他才17岁。

王维的名字迅速传遍了整个长安城，文人雅客乃至达官贵人，都以能结识他为荣。就连宁王和薛王都将他奉为座上宾。宁王是唐玄宗的哥哥李宪，薛王则是唐玄宗的弟弟李业，都是当朝天子最为宠信也最为依赖的兄弟，能得到这二位宗室贵戚的赏识，王维的仕途还能不平坦通顺吗？

然而，王维的心气很高，他并不想通过达官贵人们的帮助步入仕途，而是要凭借自己的真才实学高中进士，顺理成章地迈进官场。于是，还没等宁王、薛王替他在玄宗皇帝面前美言上几句，他就回到了蒲州，闭门苦读，准备以过硬的才识顺利登上下一次科举考试的进士榜单。

在这段时间里，母亲崔氏给他定下了一门亲事，对方是他的表妹，同样出自博陵崔氏，也是他恋慕了一世的女子。终其一生，除了后来曾与他传出过绯闻的玉真公主，他从来都没有背叛过她，亦未曾辜负过她。妻子难产去世后，哪怕背负上无后的不孝之名，他也没有再婚娶过，更不曾对任何女子动过心思。

在家中埋头苦读了三年后，王维再次赶往长安，参加科举考试。这三年里，除了在门外摆摆摊卖卖字画，他几乎足不出户，可见王维对这次科举的重视程度。

第三次来到京师，王维结识了唐玄宗的弟弟岐王李范。岐王比他的哥哥宁王、弟弟薛王还要喜欢王维，但凡有重要的宴会，必将王维当作座上宾。很快，他们便成了一对无话不谈的挚友。

然而，这一年的科举考试，王维又落榜了。这一回，他索性留在了长安，准备继续参加来年的科考。开元九年（721年），王维再次赶赴考场，与来自全国各地的考生一决雌雄。

岐王认为，凭借王维的才华和学识，高中进士问题不大，甚至还有可能状元及第。有唐一代，实行"公荐制度"，参加科考的士子，不仅要有过硬的实力，还需要有贵人的推荐，方有高中的机会。王维之前名落孙山，虽然和他年纪太轻有关系，但更重要的是因为没有位高权重的贵人力荐他。岐王想助他一臂之力。然而，那年的状元早就内定了宰相张九龄的弟弟张九皋。不过，只要一个贵人肯出手帮忙，就能让王维当状元。

听岐王这么一说，王维心里难免犯起了嘀咕。这事能成吗？会不会又重蹈覆辙？岐王信誓旦旦地向王维保证说："放心吧摩诘，你只管安心去考场考试，剩下的事就交给我去处理好了。我保管你不但高中进士，还能成为今年的魁首。"

岐王的话，王维起初并未在意。他本也没想过要通过走后门考中进士，当状元更是连想都不敢想。

然而，让王维没有想到的是，岐王说的话成真了。岐王在王府里举办了一场盛大的宴会，把王维介绍给了他说的那位贵人，并由此彻底改写了王维的命运。

岐王请来的这个贵人，正是当朝天子唐玄宗最宠爱的妹妹玉真公主。玉真公主出生不久后，她的生母窦氏便被武则天杀害了。从此，胞兄李隆基对这个幼妹一直照顾有加，几乎是言听计从，所以岐王找她来推举王维，倒也是真的找对了人。

玉真公主年少时便出家当了道姑（这是唐朝的风尚），当王维在岐王府上第一次见到这位贵不可言的公主时，她已经30岁出头了。不过，由于保养得当，玉真公主看上去依然很年轻，风情万种。

为了帮助王维成功搭上玉真公主这条线，岐王李范可以说是使出了浑身解数，不仅奉上了长安城里不易见到的珍馐美味，还精心准备了歌舞表演。一时间，鼓乐齐鸣，衣袂飘飘，好不热闹。

待玉真公主兴致淋漓的时候，突地从幕后响起了一阵铮然的琵琶声，歌舞伎人都迅速退了下去，取而代之的则是面如冠玉、神采奕奕的王维，他特地扮作优伶，抱着琵琶缓缓出现。

王维的出场，顿时吸引了玉真公主的注意力。岐王眼见玉真公主看王维看得愣了神，心下立马便明白状元的事有戏了。他趁机对着玉真公主，猛夸了一顿王维。

不久后，琵琶声戛然而止，一曲终了，满座寂静。玉真公主正听得如痴如醉，还未等她还过神来，王维便已举止从容、仪态万千地缓缓走到了她和岐王的座前，毕恭毕敬地向他们施了一礼。

"你就是那个写出'遍插茱萸少一人'的王维？"玉真公主打量着王维。

"正是在下。"王维不卑不亢地回答说。玉真公主望着他点点头，又连忙问他说："你刚才弹的是什么曲子，我没听过，叫什么名字？"

王维作了一揖继续回答："此曲名曰《郁轮袍》，是我新谱的曲子。"

"原来是新曲，我说怎么从来都没听过呢。"玉真公主满心都透着喜悦，"早就听说本朝有一个叫王维的才子，今日一见，才知道原来是个青年才俊。"

见玉真公主面露喜色，岐王赶忙冲王维使了个眼色："难得公主赏识你，还不赶紧把你新作的诗文呈上来请公主过目？"王维听了岐王的话后，忙不迭地向玉真公主奉上自己早就准备好的诗稿。公主读过他的诗文后，连连叫好，当即便向他许诺，若他参加今年的科考，她一定会尽全力向天子推举他。

在玉真公主的提携和岐王的帮助下，开元九年（721年），王维终于一举夺魁，状元及第。他骑着白马，插花游街，赶赴

● 唐·佚名《宫乐图》

曲江参加朝廷为新科进士举办的盛大宴会。所有的努力都没有白费，所有的坚持都没有被辜负，他终于成了万众瞩目的状元郎，实现了自己的梦想，自是春风得意，豪情万丈。

后人都说，王维之所以得中状元，是因为他走了玉真公主的路子，所以多诟病他的为人。其实这话只说对了一半，走了玉真公主的后门没错，可唐代的科举本就实行公荐制度，你不找权贵推举，别人照样会找人推举。

在曲江宴上，俊朗飘逸的王维，抱着心爱的琵琶，即兴弹奏了一曲，不仅迅即震惊了四座，更赢得了唐玄宗对他的青睐，当即便任命他为太乐丞，让他掌管朝廷礼乐，也算是继承了祖父王胄的衣钵。

状元及第，又被皇帝钦点为太乐丞，此时的王维端的是气宇轩昂、风光无限，走到哪里都自带万丈光芒。

但求内心清净

当上了太乐丞后，王维和宁王、薛王、岐王的友谊也变得更加坚固了。有了这三位王爷和玉真公主的关照，王维的前途不可限量。然而，依靠岐王和玉真公主走上仕途的他，似乎并不太懂得韬光养晦，也不知道该如何逢迎贵人，王维很快就把玉真公主和宁王给得罪了。

众所周知，玉真公主之所以向天子推荐王维，是因为她看上了这个比自己小了十几岁的年轻人，可王维偏偏不买她的账，不仅没有曲意迎合玉真公主，更在状元及第后迎娶了表妹崔氏。

　　玉真公主越想越气，自己费尽心思地提携他，到最后却是给别人做了嫁衣！她咽不下这口气，可也不好说些什么。毕竟她是公开出家的道姑，要为了王维闹将起来，不仅自己面上不好看，更会有损大唐的颜面，所以她只能暂时隐忍下来，就等着寻王维一个错儿，给他一点教训。

　　就在玉真公主对王维产生强烈不满之际，王维又把宁王李宪给彻底得罪了。宁王是唐睿宗李旦的嫡长子，连皇帝都要让他三分，可这王维却没有眼力见儿，偏要替人强出头。结果，不仅触犯了宁王的利益，更让宁王对他产生了嫌隙，造成了无法逆转的隔阂。

　　事情起于宁王新纳的一个小妾。正值盛年的宁王，多才多艺，但却有一个毛病，那就是好色。宁王府里本就蓄养了大批色艺俱佳的宠姬，他却还觉得不够，一直在全国各地搜罗美女。

　　宁王府附近住着一个卖饼为生的男子，他的妻子生得肤白貌美，比天子正宠爱的武惠妃还要美上几分。那宁王见了自是心痒痒得厉害，便设法将卖饼人的妻子买进了府中。

　　说是买，实则是依仗他的权势逼迫对方就范。那卖饼人无权无势，拿什么跟宁王斗？只能乖乖地就范，眼睁睁地看着心爱的妻子被夺走。

　　得到卖饼之人的妻子后，宁王对她十分宠爱，总变着法地哄她开心。一年之后的宴会上，宁王喝多了酒，突然当众追问女子说："你是不是还在思念那个卖饼的糙汉子？"女子听了惊慌失措，只是低头不语。

　　宁王不死心，为了了解女子的真实想法，他派人把卖饼人叫到了府上，让他和妻子相见。谁知那女子见到了日思夜想的夫君，顿时眼泪像断了线的珍珠，伤心不已。

当时在场的有很多文人雅士，其中就包括王维。众人都露出了怜惜动容的神情。酒醒了一半的宁王，倒有些不自在了起来。为给自己找个台阶下，宁王便命王维即兴赋诗一首，缓和一下尴尬的气氛。哪知道本就对女子心生同情的王维，竟借着这个机会，以"息夫人"为题，迅速写下一阕五言绝句，对宁王夺人所爱的行为进行了讽谏。

息夫人

莫以今时宠，难忘旧日恩。
看花满眼泪，不共楚王言。

息夫人是春秋时期息侯的妻子，貌若桃花，美艳绝伦，见过她的男人，无不对其垂涎三尺，但真正敢造次的，却一个也没有。偏偏邻国的楚文王对她动了真心，不惜发兵攻打息国，最终杀了息侯，把她掳回了楚国。

然而，即使做了楚文王的妻子，并给他生下了两个孩子，息夫人自始至终也没有跟他说过一句话。

终于有一天，楚文王忍无可忍，逼问她为什么不肯说话。她只好回答说："我一个妇道人家，嫁了两个丈夫，即使死不了，还有什么话可说的？"说完后，她便不肯再多说半句。

王维这首诗，看似是写息夫人，实则却是在借古讽今。聪明如宁王，自然知道王维是话中有话，可事情到了这个份上，他只好就坡下驴，让卖饼人领走了他的妻子。

表面上看，这是一个破镜重圆的故事，结果堪称圆满。卖饼人和他的妻子重新团聚了；宁王也没有失了面子，还博得了一个成人之美的好名声。

按理说，宁王是要感谢王维的，如果不是他那首诗，那天他还真不知该如何下台，可他偏偏又爱极了那个女子，就这样放她而去，自是心有不甘。慢慢地，他便恨上了王维，恨他多管闲事，让自己白白地失去了一个佳人。

这个故事被记载在唐人孟棨的《本事诗》里，想来应当还是有几分依据的。王维不畏强权，借息夫人的故事劝喻宁王，替卖饼人夫妇出了头，但这样一来，却把宁王给得罪了。

从此，宁王明显地疏远了王维，王维的仕途也不再顺遂了。

木秀于林，风必摧之；堆出于岸，流必湍之；行高于人，众必非之。命运对每个人都是公平的，它既可以成就你，也可以毁了你，对王维来说亦然。

因为先后得罪了玉真公主和宁王这两位天子跟前最得势的贵人，上天很快就给这位意气风发的青年才俊兜头泼了一盆冷水。

王维的官职是太乐丞，主要负责皇家礼乐的排练。对他来说，这项工作完全没有挑战性。然而，谁也没有想到的是，就在他最为得意之际，却被皇帝贬出了朝堂。

细究这件事的来龙去脉，王维着实有点冤枉。当时，岐王来访，王维便盛情款待了这位对自己有知遇之恩的王爷。席间，二人相谈甚欢，很快便喝得烂醉如泥。岐王借着酒劲，提出了要看黄狮子舞的请求。

当时，王维上任也才不过几个月，对很多皇家忌讳并不是了解得特别清楚，再加上岐王是皇帝最为宠信的弟弟，就命令伶人给岐王舞了一回黄狮子。然而，"黄"和"皇"谐音，这意味着黄狮子只有在皇帝到场的情况下才可以舞动。王维的做法，属于大不敬，违反了规定。

有人把这事告诉了玉真公主和宁王。这两个人正想要给王维点颜色看看，机会这不就来了吗？

当唐玄宗从玉真公主和宁王的口中知道此事后，自是龙颜大怒，立刻就下旨将王维贬为济州司仓参军。

尽管太乐丞只是个从八品下的小官，但毕竟是皇帝身边的京官，升迁的机会比地方官多多了，而今却要把他贬到遥远的济州去做一个打理粮仓的管理员，这巨大的落差还是显而易见的。

初涉官场不懂得人心险恶的王维，哪里会知道，他这次被贬官，背后竟隐藏着各方势力的角逐与猜忌。

玉真公主对他因爱生恨，宁王记恨着他多管闲事的仇，同僚们对他的妒忌与诽谤，加上天子对岐王的猜疑，乃至对他和岐王走得过近产生的防备，都是引发贬谪的诱因。只可惜，这一切他看不到，即便看到了，也看不懂。

才刚刚上任几个月，就被无情地赶出了朝堂，这深深地伤害了王维的自尊，并影响了他往后诗歌创作的风格。这个聪明、敏感又满腔热忱的年轻人，怎么也没想到，自己迅速失去了天子和诸位贵人的欢心，这让他充满了不甘与怨望，却又不得不怀着满腔的悲愤，收拾好行囊，一路向济州蹒跚而去。

王维终于明白了，"伴君如伴虎"这句话所言非虚。贵人们可以一朝把他捧上云端，自然也就能让他在一夕之间从云端坠落。

他想起了小时候母亲常问他的一个问题："你知道我为什么要给你起名叫'维'，又为什么要让你以'摩诘'为字吗？"

他当然知道，"维摩诘"是一位德高望重的印度高僧，母亲把维摩诘的名字拆开来为他命名，还教他背诵《维摩诘经》，目的就是希望他这一生都和维摩诘一样清净无垢。

"维摩诘"翻译为汉文，就是没有污垢的意思，即"净"。母亲的房间里一直张贴着三个大字：净、静、境。唯有内心清净，才能做到心灵上的平静，达到人生的最高境界，母亲对他的这些教诲，他都忘了吗？

他自然没有忘记。荣华富贵，终不过是过眼云烟，又何必去计较这些虚妄的得失呢？很快，他就调整好了心态，以积极的姿态投入新的工作中。

在济州做了五年司仓参军后，开元十四年（726年），王维离任回乡，终于和分别多年的妻子崔氏团聚了。少年夫妻，琴瑟和鸣，自是恩爱异常，而人世间最幸福的事，也莫过于和自己心爱的人朝夕相对了。

在蒲州和崔氏耳鬓厮磨了两年后，王维又背上行囊出发了。这一次，他没有去长安，而是到淇水滨隐居了一年，终日与清风明月做伴。

开元十七年（729年），王维再次前往长安，在这里结识了襄阳才子孟浩然。自此，二人结成了一对莫逆之交。王维还给孟浩然画了一幅像。

当年冬天，孟浩然启程返回襄阳，王维赋诗《送孟六归襄阳》，二人惺惺惜惺惺惺，分别之际，自是唏嘘万分。

两年后，王维的妻子怀孕了，他的心被无以言表的兴奋与

快乐填满了。几个月后，就在他沉浸在要做父亲的喜悦之中时，
上苍却跟他开了一个莫大的玩笑：妻子死于难产，一尸两命。
他悲恸得无以复加，却又无可奈何。他一直崇信佛教，并没有
做过任何伤天害理的事，可老天爷为什么要以这样的方式来惩
罚他呢？他跪伏在妻子的灵前痛哭流涕，并立志今后再也不更
娶他人，王夫人的名分，他只愿意留给她。

所有人都以为他是一时悲伤，才起了这样的重誓。然而，
谁都没有想到的是，他居然能够说到做到，将崔氏一直珍藏于
心，自此屏绝尘缘，终身未娶，哪怕后继无人，绝了香火，
也不肯更改心意。

沉默的人，爱得最深；沉默的心，伤得最重。尽管王维没
有给崔氏写过任何诗歌，但他却用余生证明了自己对妻子的爱
有多么深沉、多么隽永。崔氏弃世后，他用坚持独身来回应彼
此的深情，难道这世间还有比这更加刻骨铭心的爱吗？

在三妻四妾皆属平常的古代，王维能做到这个地步，实属
难能可贵。因为曾经有过最好的知音，往后便无须再去寻觅。
他不说，不代表他不爱，他不为她在纸笺上写下只言片语，也
不代表他爱她爱得不深。

山水相逢，何处是知音

妻子去世后，悲痛得难以自抑的王维，决定用山水来抚慰
他自己那颗受伤的心灵。旅行的目的地，则是他向往了许久的
江南。

南下的旅途中，他一路走，一路歌，寄情于山水之间，宠辱皆忘，端的是酣畅淋漓，逍遥洒脱。

在越中，他写下了脍炙人口的《鸟鸣涧》和《山居秋暝》，从此开启了他山水田园诗的又一个崭新的篇章。

鸟鸣涧

人闲桂花落，夜静春山空。
月出惊山鸟，时鸣春涧中。

春夜空山，万籁俱寂。

桂花轻盈地飘落，鸟儿在温婉的月色下，低低地飞过溪涧，时而发出一声声清脆的鸣唱，而他，却在思念着一个不再归来的人。

他爱这一方空寂的山水，他爱这一份日月交替的亘古与不变，他爱这一抹介于出世与入世间的从容与不迫，他爱这一片深远的蓝天以及和它相偎依的白云，还有那一曲曲悠远的琴音，一颗没有欲望的菩提心。

明月出岫，鸟鸣更幽，静到极处，恰似仙境。他想她了，很想很想，心思细微又曼妙，在这香林桂雨间，他还能再沿着她在水一方的身影溯源而上吗？

山居秋暝

空山新雨后，天气晚来秋。

> 明月松间照，清泉石上流。
> 竹喧归浣女，莲动下渔舟。
> 随意春芳歇，王孙自可留。

月夜下的秋山，空灵，静谧，宁和，柔美，却又不失浪漫温馨的气息，像极了陶渊明眼中的南山。

这是王维喜欢的空山，亦是他喜欢的季节。一个人，静静地走在空旷幽深的山道间，挥一挥手，便可触及天上的流云，一低头，便可采撷那些摇曳在风中不知名的花儿，是何等的惬意，又是何等的心旷神怡。

在他的诗歌里，"空"字出现的频率，也跟着变得越来越高了。妻子去世后，他的心一下子就变空了，既然上天要让他一无所有，那他便什么都不要了。

在江南游逛了几年后，开元二十二年（734年），34岁的王维返回了长安。父亲早亡，作为一家之主的他，自然要挑起照顾家族的重担。

此时的他，已然褪去了"新丰美酒斗十千，咸阳游侠多少年"的锋芒。为了家人的生计，他不惜放下了状元郎的架子，向重新登上相位的张九龄献诗以求进阶，表达了他愿意追随张九龄为国家效力的愿望。在诗中，他自比贾谊，恳请张九龄提携："当从大夫后，何惜隶人馀。"意思就是说，如果张九龄能看中他，他绝对不会挑肥拣瘦，甘愿替朝廷做任何工作。

张九龄是个爱惜人才的好官，他自然不会记着当年的旧账，更不会埋怨王维抢走了张九皋的状元之位。第二年，在张九龄的提携下，王维被顺利提拔为右拾遗，前往东都任职。

可别小看了这右拾遗的职务，虽然官阶并不比他十几年前担任的太乐丞高出多少，但胜在可以接近皇帝，前途一片光明。

为让家人过上更好的日子，他需要得到更多的俸禄，所以他又硬着头皮给张九龄写干谒诗，以求得到更大的升迁。在这首诗里，王维毫不掩饰自己急切进取的心。淡泊如他，却不得不为了五斗米折腰。

攀上了张九龄这棵大树，王维的生活似乎终于朝着顺风顺水的轨迹上走了。然而，就在他想要大展宏图的时候，张九龄却被贬到荆州大都督府当长史去了。

一切来得太过突然。张九龄的离去以及奸相李林甫的乱政，使得朝廷处于一团乌烟瘴气之中，也让王维对官场彻底失望。对于王维这个政敌，李林甫采取了明升暗降的方法，让王维以监察御史的身份赴凉州河西节度幕，出任河西节度判官。

开元二十五年（737年），王维从长安出发，踏上了西去凉州的征程。无垠的黄土高坡上，沙尘滔天，瞬间就能卷起千层灰土。坐在马车上朝四周的旷野望去，他看到的唯有满目的凄凉，内心充满了悲戚。如此多舛的命运，何时才是个头呢？

车辙曲曲又弯弯，仿佛一条条蜿蜒的长蛇，正沿着坚硬而斑驳的黄土地，缓缓朝向未知的远方延伸，王维不知道，那一眼望不到边际的苍茫之所，是不是他要去的河西凉州。他就像一株飘飞的蓬草，无依无靠，被风吹到哪里，就在哪里落地，永远都不知道最终的归宿会在哪里，怎不惹人愁绪丛生？

王维已经年近四十了，早就不是当年那个意气风发的少年郎了，已经没有多少时日可以尽情挥霍了。正在他思索着前尘往事时，前方的道路突地变得豁然开朗起来。他定睛一看，却发现一条波涛滚滚的长河出现在了他的面前。

抬头望望，天色近暮，那一轮圆圆的落日，在黄沙莽莽的大漠里，既荒凉，又温暖，既苍茫，又柔软，极尽瑰丽之色，更不失阳刚之气，而远处的一道孤烟，更像是一把利剑直指苍穹。这一切，无比壮观，让他感到震撼。

边塞大漠的风光，自非富丽的长安和温润的江南可比。他从未见过如此雄浑的景象，道是荒芜，却是丰厚，道是苍凉，却是绵远。大漠像一幅气象万千的画，让他迅速变得心猿意马起来。那时那刻，他唯一想到的，就是赶紧掏出行囊中的笔，要把这份荒芜与瑰丽、博大与精深，记录下来。

使至塞上

单车欲问边，属国过居延。
征蓬出汉塞，归雁入胡天。
大漠孤烟直，长河落日圆。
萧关逢候骑，都护在燕然。

孤烟，落日，依旧是他内心孤独的写照。他知道，他这一生，早就注定了要与孤独共进退，既如此，那就让他看遍这人间所有的壮丽与荒芜吧！

在凉州，他遇到了河西节度使崔希逸，还有他昔年在岐王府结识的老朋友崔颢和高适。他乡遇故知，他内心无比欣喜。尽管这里风沙蔽日，人烟稀少，但他还是由衷地感到高兴。要不是家中还有老母需要奉养，他真想一辈子都待在河西。这里比朝堂上少了太多的钩心斗角，而他也不用再仰人鼻息，如履薄冰地过活。

自从步入仕途以来，王维还从未像现在这样活得如此潇洒。除了吃饭、睡觉和处理并不繁杂的公务，他几乎每天都会和朋友们一起结伴出城，或饱览壮丽的边塞风光，或驱马奔驰，追鹰逐兔，茫茫大漠上，到处都留下了他们游玩的足迹。

对王维来说，在凉州度过的每一天都是新鲜的、有趣的，也是疯狂的、刺激的。就这样无忧无虑地度过了一年有余，他被朝廷召回了长安，仍官监察御史，但没过多久，就迁为殿中侍御史。很快，又被打发到湖北和岭南公干去了。

既来之，则安之。既然朝中早已奸佞当道，那王维也乐得远离朝堂，当一天和尚撞一天钟。开元二十八年（740年），在赶赴南方的路上，王维怎么也没想到，自己居然会在一年之内，接连失去三位志同道合的故交挚友，这让他感到无比的悲伤与揪心。三位老友中，崔希逸是被副官陷害，抑郁而死；孟浩然则因背疽复发猝逝；而他最为尊重的张九龄，在家乡韶关曲江与世长辞。

两年后，王维从南方回到长安，转官左补阙，然而他却怎么也开心不起来，哪怕他每天都跟随母亲诵读佛经，心依然无法做到静如止水。

往日里流光溢彩的长安，早已不再是他所熟悉的那个泱泱大国的都城了。刻毒狡诈、口蜜腹剑的李林甫，在朝中只手遮天，满朝文武噤若寒蝉，没有一个人敢站出来揭发他的奸佞之行，这让经历了人生无常的王维感到更加心灰意冷，并慢慢地衍生出了退隐的念头。

天宝三年（744年），王维以吃斋念佛的母亲需要静心修行为由，开始经营位于蓝田的辋川别业。他丢开了世间浮华，只身走进了距离长安城外的终南山辋川，从宋之问的后人手里买下了一幢古朴幽雅的别墅，打算在那里终老林下。

尽管此时王维还没有辞去官职，但也鲜少涉足官场，真正做了他年轻时一直向往的闲云野鹤。他远离了世俗，远离了纷争，只在辋川别业里读经礼佛，谈诗论道，俨然已成为一名真正的居士，而他那颗曾经疲惫的心，也在经历了长久的困惑与执迷后，终于泅渡至他想去的世外桃源。

一天天，他只与净化心灵的经声为伴，只在佛卷中找寻着生命的真谛，只在一首首极富禅理的诗文中，轻描淡写地阐释着他对人生的理解。

他不再固执，不再沉迷，也不再为红尘俗事而烦恼，只是日复一日地穿梭在林间小道，做着自己喜欢的事情。

他喜欢这样的生活，更爱极了辋川别业的幽静与恬美，这里的一草一木，甚至是一滴水的响动，都让他由衷地惊喜于天地与自然的恩赐，而那些还沉溺在世俗中，为名利终日奔波的人，又怎能体会到他心底的那份从容与清澈呢？

鹿柴

空山不见人，但闻人语响。
返景入深林，复照青苔上。

半隐居的生活，让王维的内心变得越发淡定，越发从容。

中年之后的他，越来越留恋辋川，只因这里是他心灵的栖息地，也是他梦中的世外桃源。

他在辋川经营多年，并精心设计了 20 处风光秀美的景致。凭着天才画家的审美情趣，他仔细捕捉着辋川的每一帧美景，又以音乐家的耳朵，默默谛听着大自然的天籁之音，终于和道友裴迪一起，为辋川二十景写下了大量空灵曼妙的诗作，并将它们集结成册，即为后人耳熟能详的山水诗集《辋川集》。

在辋川待久了，旁人皆以为王维变得更加孤独了，其实只有他自己知道，所谓的孤独都只是表象，他心里漫溢的，是满满的知足与丰盈，还有很多不为人知的幸福与快乐。

终南别业

中岁颇好道，晚家南山陲。

兴来每独往，胜事空自知。

行到水穷处，坐看云起时。

偶然值林叟，谈笑无还期。

学会把心放下，随处都是安然。跻身于山林的王维，并不觉得自己孤独，相反，独来独往的他，自有一份怡然自得的逍遥与自在。

辋川的生活，一切都是刚刚好的样子，这让他备感欣慰。

一念放下，万般自在

天宝九年（750 年），王维的母亲崔氏在辋川别业病逝，这个噩耗对他来说，无疑又是人生中的一次重大打击。

母亲是他心中的软肋，亦是他心中的铠甲，每当跌入人生低谷而不知所措时，他总会想到这世上还有母亲需要他去呵护，立马便会振作起来。而今母子阴阳相隔，子欲养而亲不待，已届知天命之年的王维，顿时就跟失了主心骨一样，变得既无助又落寞。

在丁忧期间，因哀痛毁伤得骨瘦如柴，王维几乎卧床不起，一夕之间，便白发丛生，瞬间就苍老憔悴了许多。

叹白发

宿昔朱颜成暮齿，须臾白发变垂髫。
一生几许伤心事，不向空门何处销。

在为母守丧期间，王维干脆直接搬到了辋川别业居住。他终日焚香独坐，诵经礼佛，朝闻溪涧清风，暮览山间明月，在自我的空间里，执着地修炼着维摩诘"不厌世间苦，不欣涅槃乐"的人生境界。

此时此刻，他的身体虽然是孤独的，但内心世界却丰盈依旧。母亲去世的时候，他早就迁官至库部郎中，但他并没有因此产生任何的欣喜，而是采取了圆通混世的人生态度，在鱼龙混杂的官场中，过起了半隐居的生活。

如果一切都照着这个步伐朝前迈进，可以想见，王维的人生终将向着清静无为而去。但是，人生从来没有如果，身处时代洪流之中的他，根本就没有能力改变时代潮流，在战争与动乱面前，他只能做一叶浮萍，随波逐流。

天宝十五年（756年）六月，安史之乱爆发，长安城陷入一片混乱之中。王维原本平静安然的生活瞬间被打破。然而，就在众人奔走逃命之际，他仍在有条不紊地细心整理着他那些书籍，可当他料理好一切，准备出城追随玄宗皇帝时，兜头就碰上了气势汹汹的叛军，直接被俘虏了。

在乱臣贼子的威逼下，他违心地接受了安禄山朝廷强行安排给他的伪职。被俘后，他曾假称患病，以避叛军锋芒，但因其诗名太盛，安禄山竟派人将他迎接到洛阳，拘于菩提寺，硬要委以重任，纵是他一万个不想接受，也由不得他做主。

唐肃宗至德二年（757年）秋天，唐军相继收复长安、洛阳，王维和其他陷贼之官被押往长安听候发落。唐肃宗给伪官分级定罪，王维按律当死，念在他接受伪职前曾写下一首抒发故国之思的《凝碧池》，加上他的弟弟（刑部侍郎王缙）平叛有功，且涕泣请求削籍以替兄长赎罪，才免他一死。

凝碧池

万户伤心生野烟，百僚何日更朝天？
秋槐叶落深宫里，凝碧池头奏管弦。

凝碧池，是唐代洛阳禁苑中的池名。据《唐诗纪事》记载，安禄山叛逆唐王朝之后，曾大会凝碧池，逼使梨园乐工为他奏乐，众人思念玄宗，唏嘘泣下，其中有一个叫雷海青的人，掷弃乐器，面向西方失声大恸，安禄山当即下令，将雷海青肢解。

王维当时正被安禄山拘禁于菩提寺，他听说了这件事，写下了《凝碧池》，寄托了其思念朝廷之情。唐肃宗返回长安后，大肆清算旧账，但王维却因为这首诗以及弟弟王缙的救助，非但没有身首异处，还被放出了牢笼，最终只被降为太子中允。

一系列的人生遭际与变故，让王维看透了世事。从此，他彻底放下执念，看淡得失，不再追求任何物质享受，"禁肉食，绝彩衣，居室中除去茶档、经案、绳床，别无他物"。

一念放下，万般自在。人到中年的他，不再追逐过眼云烟的浮华，不再沉溺于名利场中无法自拔，而是把余生交给了辋川别业，交给了终南山的青山绿水，交给了他笔下静谧的空山，交给了他种在山坳深处的辛夷花，交给了门前汩汩流淌的山泉，交给了屋后激昂连绵的瀑布，也交给了秋高气爽中那一轮高高挂在天边的山月。

经历了人世的沉浮，王维渐渐参透了生命的全部真相。他开始自由自在地享受属于自己的寂静，于静默中独处，于静默中冥想，终日里，不是诵经，就是踏山访水，信步漫游，端的是潇洒落拓。

晚年的时候，王维重新回到政治权力中心。他一路扶摇直上，最后官至尚书右丞。但是，在历尽人生几度浮沉之后，他已不再关心官场上的是是非非了，愣是把自己从一个官僚，生生修炼成了人人景仰的诗佛。

酬张少府

晚年唯好静，万事不关心。
自顾无长策，空知返旧林。
松风吹解带，山月照弹琴。
君问穷通理，渔歌入浦深。

人生的过程，其实就是一个不断失去的过程。既然明知道会不断失去，那么何不彻底地放下呢？

去世前两年，他将自己悉心经营了多年的辋川别业改为寺院，又将自己职田中的粮食全部拿出来用于给灾民施粥，从此，在公务之余，只一心一意地修心炼佛。

上元二年（761年）春，王维请求削去自己全部的官职，放归田园。同年七月，王维在家中去世。据说，他走的时候，安详得就像一尊静谧的佛。在生命的最后时刻，他还在从容不迫地给亲友们写信，跟他们一一道别，然后丢开手中的纸笔，平静地离开了这个世界。

王维走了，但他的音容笑貌却永远留存在了这个人世间。人们记住了他，也记住了他那些脍炙人口的诗句。作为盛唐三大诗人之一的他，比起李白的骄傲，杜甫的深沉，似乎也只有他活得更加洒脱。无论他经历了怎样的沧桑，到最后，他依旧是那个淡泊文雅、温润如玉的贵公子。

唐·孙位《高逸图》（局部）

李白

此人只应天上有

在古代的诗人中，李白满足了我们对诗人的一切幻想。他豪放不羁，他的才华惊天地，他仙气飘飘，他想象瑰丽，他仗剑走天涯……

当代诗人余光中称赞李白："酒入豪肠，七分酿成了月光，余下的三分啸成剑气，绣口一吐就半个盛唐。"李白三分豪情，七分醉意，笔落惊风雨，诗成泣鬼神，绝世的风流潇洒。可以说，李白的魅力，就是盛唐的魅力。

一生放荡不羁爱自由

对李白来说，江湖一直很近，而朝堂始终很远。

自打父亲李客带着他和兄弟们一起从碎叶城回到中土后，

李白就一直生活在蜀地，直到 24 岁那年，才背上行囊，开始了他周游天下的历程。

小时候，李白随家人定居在青莲乡，所以他又号称"青莲居士"。在青莲乡，李家是个不折不扣的富户。没有人知道他们的家世，只知道他们是从遥远的地方迁徙而来，也没有人知道这家的男主人李客是做什么的，只听说他是个商人。

这家人也很少跟乡邻打交道，只有一个被唤作"李十二"的孩子，成天喜欢往人堆里扎，还特别喜欢结交朋友，慢慢地，就成了名副其实的李家代言人。人们时常可以在青莲乡周边看到李十二的身影。这个孩子还很开朗健谈，身上一点也没有富家子弟的娇贵之气，所以大家都很喜欢他，有事没事就会跟他闲聊上几句。

李十二就是李白。因为他是家里第十二个孩子，所以乳名叫"李十二"。通过成天游走在乡里的李白，当地人还是领略到了李家的富庶。

李白在四川生活了差不多 20 年。这 20 年里，他不但终日手不释卷，还有闲情逸致去练习剑术。可以说，是强劲的经济实力，让他可以完全没有后顾之忧地学习。

李白曾经写过一首并不太出名的《古朗月行》诗，在这首诗中，他毫不掩饰地讲述了自己"小时不识月，呼作白玉盘"的经历，可谓一次张扬到不留痕迹的高级炫富。

古朗月行

小时不识月，呼作白玉盘。

又疑瑶台镜，飞在青云端。

仙人垂两足，桂树何团团。

白兔捣药成，问言与谁餐？

蟾蜍蚀圆影，大明夜已残。

羿昔落九乌，天人清且安。

阴精此沦惑，去去不足观。

忧来其如何？凄怆摧心肝。

　　那个时代，能够时常见到"白玉盘"这样名贵的器物，若不是出生在富贵之家，是绝对不可能的，而年幼的李白在看到月亮后的第一反应，竟然以为那就是白玉盘，由此便可窥见，在李白家中，白玉盘只是一件寻常的物件，同时也从侧面反映出了他生活环境的优渥。

　　那么，李白家族的钱是从哪里来的呢？他父亲李客到底是做什么生意的？

　　李白出生在西域的碎叶城，当时他的祖辈已经在西域生活了差不多 80 年。作为丝绸之路上的重要交通枢纽，碎叶城为人们提供了良好的营商环境。经过几代人的苦心经营，到李客这代，李家已经积累了丰裕的家产，所以他们回到中土后，即使吃老本，也能维持体面的生活。

　　从西域回来后，李客对外宣称的身份是商人，但实际上，他很可能就是一个掌握大量财富的寓公，根本就用不着苦心经营生意，所以，他把更多的时间都花在了教育子女上。尤其是对聪明伶俐、勤勉好学的李十二，更是倾注了他毕生的心血与精力。

　　李客通过自己掌握的雄厚财富，把李白培养成了一个文武双全的少年。在李客的栽培下，李白十几岁的时候，就在蜀中结交了诸如赵蕤、元丹丘这样的名士。等他长到 20 岁时，他的诗作更是得到了益州大都督府长史、同为文学大家的礼部尚书苏颋的赞赏。假如李白只是个乡野出身的落魄穷小子，既没有地位，又没有名望，更没有任何的背景，试问，在那个尊卑有序的时代，即便文章写得再好，他又怎么可能轻而易举地跟当地的名士结交，且能得到地方大员的接见呢？

　　一切都是李客在背后替他收拾打点。李客早就给李十二规划好了他将来的人生，所以在李白 24 岁的时候，他便放任他去游历江湖了。李客知道，多些人脉就是多条路，李白生性落拓，喜欢结交朋友，说不定就能遇见他人生中的伯乐，岂不比待在家里做一个纨绔子弟强多了？

　　早年长期在西域生活的经历，磨砺出了李客坚毅的个性，所以当他发现李十二是个可塑之材的时候，就没打算把他长时间留在自己身边，而是决定让他走出去四处看看，去见识更多的江湖人事，去结交更多可以推心置腹的朋友，去做他喜欢做的事情。

　　除了满腔浓浓的父爱，李客能够给予十二这个儿子的就是充足的盘缠，大把大把的钱财。所以李白在周游天下的时候，日子过得既潇洒又惬意。

　　离开家乡后，李白仗剑远游，先后去了很多很多的地方，也结交了很多很多的朋友，喝了很多很多的酒。这个时候，父亲给他的巨额盘缠就起到了很大的作用。从青莲乡起身出发，李白的足迹遍布成都、峨眉山、渝州、扬州、汝州、陈州、安陆等地，自是逍遥快活得忘乎所以。当然，怀抱远大政治理想的他，也没有忘记自己这次出游的终极目标。在四处游山玩水的同时，他先后拜访了很多有头有脸的人物，且每结识一位新的朋友，都会拉着对方到最好的酒楼，大碗喝酒，大块吃肉，竭尽所能地维护好各种关系，端的是花钱如流水，连眼睛都不带眨一下的。

"曩昔东游维扬，不逾一年，散金三十余万，有落魄公子，悉皆济之。此则是白之轻财好施也。"李白后来在《上安州裴长史书》一文中回顾了自己东游维扬之际，不到一年的时间，就花掉了三十余万金，由此便可想见，一直都在他背后支撑着他的青莲李家的家底究竟有多么殷实了。

李白生性放浪不羁，压根儿就没把钱财放在眼里。说到底，还是家里有钱，所以在向朋友们积极展示自己卓越的才华和远大抱负之际，李白也很舍得在朋友们身上花钱，经常请他们喝酒吃肉、集会听曲，在对方遇到难以启齿的困难时，他都能在第一时间慷慨解囊，且从来都不求任何的回报。日积月累，他也便收获了不少友谊与真心。

在当时，一个州官的年收入还不到 5 万金，而李白竟在不到一年的时间内花掉了 30 多万金，着实不是一个小数目了。可他真的一点也不在乎，"一朝乌裘敝，百镒黄金空""千金散尽还复来"。

什么叫有底气？这就叫有底气。

和其他兄弟先后继承父亲经商的衣钵不同，好学而又勤勉的李白，从来都没有考虑过要做以钱生钱的营生，不是他不屑，而是他志不在此。他的心里，早在他少年时期就装下了一片更加宽广的天地，那就是建功立业，报效国家。"大丈夫必有四方之志，乃仗剑去国，辞亲远游。"他在《上安州裴长史书》中继续滔滔不绝地念叨着自己远大的抱负。他带着一支笔，挎着一把剑，沿着长江顺流而下，朝着他的理想进发了。

仗剑走天涯

初出茅庐的李白，在经过渝州（重庆）时，因受到时任渝州刺史李邕的轻慢，愤而写下了一首《上李邕》，来表达自己的不满。他虽然年轻，比不上当时名闻天下的李邕，可李邕知不知道，鲲鹏一旦乘风而起，必将扶摇展翅，直上九万里长空？

上李邕

大鹏一日同风起，扶摇直上九万里。
假令风歇时下来，犹能簸却沧溟水。
世人见我恒殊调，闻余大言皆冷笑。
宣父犹能畏后生，丈夫未可轻年少。

这就是李白，一个胸怀壮志、慷慨激昂的李白，他的心中充满了浪漫的憧憬和宏大的抱负，岂是态度傲慢的李邕所能理解的？

李邕自然不了解。这个和他同姓的后生晚辈，一直都渴望比肩古之贤臣管仲、晏婴之辈，谋帝王之术，做辅弼之臣。李白在感到很受伤的同时，更加坚定了他要在荆棘丛中闯出一条血路来的决心。

　　然而，商贾子弟的出身，导致李白无法通过科举考试的途径迈入仕途。他也曾想过利用族叔李阳冰的身份，但经过种种的衡量，他放弃了这种想法。

　　既然科举考试不行，那唯一能进入仕途的途径，就是干谒。所以李白每到一个地方，就积极地结交朋友、拜访当地官员，不是献赋，就是献诗，期望能够以自己纵横的才气，引起当政者的注意，从而迈入官场。他见过李邕，见过裴长史，见过宰相张说，见过道士司马承祯，甚至见过唐玄宗最宠爱的妹妹玉真公主，但最终都是乘兴而来，败兴而归。

　　李白送出了很多诗，也送出了很多赋文，但却从未送过自己的膝盖与尊严。李白的傲气与风骨，在与权贵们发生近距离接触的时候，就成了他身上的一种原罪。尽管他才高八斗，出手大方，热情豪爽，但权贵们还是对他带有偏见，所以他送出去的那些诗，大多都石沉大海。

　　干谒这条路，李白走得并不轻松。他花掉了大量的钱财，结交了很多朋友，也收获了无数的白眼与唾弃。但他始终都没有放弃，因为干谒是他唯一的出路。

　　这段时期，李白爬过巍峨的高山，蹚过雄奇的江河，走过繁华的城市，路过葳蕤的森林，见过曼妙的人世，一路纵马放歌，用绮丽的诗句，写下一首首震撼千古的名篇佳作，作别他途经的每一个人、每一寸土地，只把隽永的微笑与美好的向往，留给经过的长空与碧浪。他四处游历，四海为家，一路闲逛，一路高歌，活得既潇洒又恣意。

26 岁的时候，李白结识了孟浩然；27 岁的时候，李白在安州迎娶了前宰相许圉师的孙女许氏为妻，把家安置在了安州。

以李白当时的身份来说，能够娶到宰相的孙女，算是高攀了。李白和许氏琴瑟和鸣、恩爱有加，可谓一对情投意合的夫妻。不久，许氏便为他生下了一对儿女，日子很是幸福美满。

然而，男儿志在四方，李白并不想被家庭所困，他的志向依然是建功立业，大展宏图。于是，他又继续奔赴在干谒之路上。

有父亲和兄弟们雄厚产业的资助，有妻子毫无怨言的支持，李白那颗渴望光宗耀祖的心，也变得一日甚于一日。可惜，让他始料不及的是，这条干谒的道路，他居然一走就是十余年。本以为凭借自己出色过人的才华，最晚不过三五年，必能成为当今天子身边的红人，最不济也能捞个一官半职，没想到蹉跎了许久，花掉了无数的金钱，到最后竟然还只是一个一无所成的布衣，怎不惹他惆怅彷徨？

然而，就在他近乎灰心丧气想要放弃的时候，却得到了一个面见天子的机会。

开元十八年（730 年），李白第一次进入长安，拜谒了宰相张说，但依然没有引起执政者的关注。第二年，散尽万金的李白因为报国无门，开始自暴自弃，整天在市井厮混，饮酒赌博、颓废浪游、斗鸡走狗。同年秋天，他至嵩山拜访故友元丹丘，开始有归隐之意。

开元二十一年（733 年），33 岁的李白构石室于安州白兆山桃花岩，开垦山田，种粮食，种果蔬，日以耕种、读书为伴，过上了桃花源般自由自在的生活。

从表面上看，此时的李白仿佛把功名的心思都淡了下去，但其实他只是在等待一个更好的机会罢了。他随时都在待机而动。

开元二十二年（734 年）正月，李白前往洛阳，为唐玄宗献上了一篇辞藻华丽的《明堂赋》，盛赞明堂之宏大壮丽，写尽了开元盛世的雄伟气象，阐明了自己的政治抱负与远大理想。

遗憾的是，《明堂赋》写得虽好，但并未引起唐玄宗的关注。李白不气馁，继续在蛰伏中等待着机会。很快，机会来了。开元二十三年（735 年），唐玄宗出宫狩猎，正好李白也在附近游玩，便趁机献上《大猎赋》，希望借此博得皇帝的赏识。他竭尽所能地赞美大唐幅员辽阔，夸耀本朝远胜汉朝，并在结尾处宣讲道教的玄理，以迎合当时崇尚道教的玄宗。

这一年，李白通过卫尉张卿的引荐，结识了玉真公主。玉真公主是唐玄宗最为宠爱的妹妹，与李白同龄的王维，就是通过这位公主的推举，年纪轻轻便荣登状元之位。尽管李白认识玉真公主时有点晚了，但终归还是攀上了这层关系，喜悦之情自是无以言表，立马便挥毫写下了一首《玉真仙人词》，以示对公主的景仰崇敬之情。

遗憾的是，这一次，李白还是没能得到唐玄宗的赏识。但由于攀上了玉真公主这棵大树，一向崇奉道教的李白，倒是跟这位早年便出家为道姑的公主结为了莫逆之交。然而，玉真公主也没有真的帮上他什么忙，否则李白也不会等到七年之后才引起唐玄宗的关注。

　　干谒，干谒，干谒，献赋，献诗，献文，换来的却是一而再，再而三的失败。就这样，一直蹉跎到天宝元年，42 岁的李白才被唐玄宗一纸诏书叫到了长安，开启了他的仕途。

　　一开始，李隆基对李白的才华是相当赏识、相当钦慕的。第一次与李白见面，李隆基不仅甘愿以帝王的身份，屈尊降辇步迎，而且亲手为其调羹，能够享受这份荣宠的，想必整个大唐，除了李白，便只有杨贵妃了。重要的是，李白也没有"掉链子"，每当唐玄宗向他咨询一些朝野之中的问题时，他都会凭借丰富的阅历与学识对答如流。由此，他甚得皇帝的欢心。

　　也就在这段时期，李白在紫极宫结识了 84 岁的文宗泰斗贺知章。贺知章跟李白一样，喜欢喝酒。他俩凑到一起，自然少不得各种狂饮。

　　野史记载，有一次，贺知章和李白一起到酒店里喝酒，喝完了才发现两人都忘了带钱，贺知章便直接掏出腰间的金龟饰品，当作酒钱付了。后来贺知章去世后，李白每每想起这件事，都还会为之感动。

对酒忆贺监二首

一

四明有狂客，风流贺季真。

长安一相见，呼我谪仙人。

昔好杯中物，翻为松下尘。

金龟换酒处，却忆泪沾巾。

二

狂客归四明，山阴道士迎。

敕赐镜湖水，为君台沼荣。

人亡余故宅，空有荷花生。

念此杳如梦，凄然伤我情。

据闻，贺知章不仅喜欢跟李白对饮，他们还经常组局，与李适之、汝阳王李琎、崔宗之、苏晋、张旭、焦遂聚在一起喝酒，不醉不休，时人称之为"酒中八仙人"，就连杜甫都为之特地写过一首《饮中八仙歌》。久而久之，喝着喝着，贺知章和李白这对相差了 42 岁的两代文宗，便成了一对忘年之交，并在中国文学史上留下了一段佳话。

贺知章比唐玄宗还要欣赏李白的才华，他曾当着众人的面夸赞李白说："公非人世之人，可不是太白星精耶？"他称李白为"谪仙人"，对其极度推崇。不久之后，他又竭力向唐玄宗推荐李白。唐玄宗当即下旨令李白供奉翰林，主要工作内容就是随时陪侍皇帝左右，给皇上写诗文以为娱乐。

从此，唐玄宗每有宴饮之乐或郊游之行，必命李白侍从。这段时间，李隆基与李白这对君臣相处得极为融洽。

被唐玄宗召进朝堂的那一刻，李白志得意满，他以为只要自己有才干，就一定会被重用。可无情的现实却兜头浇了他一盆凉水，让他的心彻底凉到了极点。在皇帝眼里，他到底算什么？是歌功颂德的工具，是锦上添花的闲人，还是无足轻重的摆设？

李白想要施展自己的抱负，想要建功立业，想要成为皇

● 唐·李昭道《明皇幸蜀图》

帝的左肱右股，想要替自己的家族争一口气。可惜，李隆基根本就不给他这样的机会，只让他写一些歌舞升平的瑰丽文章。

无奈，李白只好按捺住性子，夹起尾巴，做起了唐玄宗的御用文人。在此期间，他写得最好的诗篇便是《清平调词三首》。李白虽对治国典籍研究得很透彻，也比不上为杨贵妃写下一句"云想衣裳花想容，春风拂槛露华浓"，这是李白的无奈，也是他的悲哀。一只想在长安城振翅高飞的鲲鹏，却只能沦为笼里的金丝雀，去妆点宫阙的富丽堂皇。这着实让李白既灰心又失意。怎么办？他没有办法，也没有头绪。

在郁闷之中，他只能没日没夜地酗酒，并借着酒劲肆意地发疯撒泼，让杨贵妃为他捧砚，让高力士替他脱靴。

终于，李白的放浪形骸，引起了唐玄宗的不满。此时，很多对他不满和嫉恨的大臣，也纷纷在皇帝面前数落他，最终导致皇帝对他日渐疏远，甚至连宴饮都不传召他赋文作诗了。失宠之后，李白感到莫大的惶恐与惆怅，索性向皇帝提交了辞呈，再次踏上了四处游历的江湖之路。

既然朝堂容不下他，那就继续仗剑驰骋天下吧！

放飞自我

离开长安后的李白，再次放飞自我，开启了又一轮的漫长游历。他四处寻访仙山名士，足迹遍布大江南北，与杜甫、高适、王昌龄、汪伦、岑勋、元丹丘等人都有交游，并因此在中国文坛上留下了无数脍炙人口、烁古震今的锦绣诗篇。

闻王昌龄左迁龙标遥有此寄

杨花落尽子规啼，闻道龙标过五溪。
我寄愁心与明月，随风直到夜郎西。

宣州谢朓楼饯别校书叔云

弃我去者，昨日之日不可留；
乱我心者，今日之日多烦忧。
长风万里送秋雁，对此可以酣高楼。
蓬莱文章建安骨，中间小谢又清发。
俱怀逸兴壮思飞，欲上青天览明月。
抽刀断水水更流，举杯消愁愁更愁。
人生在世不称意，明朝散发弄扁舟。

哀莫大于心死，对朝廷，对皇帝，李白是彻底地失望了。从744年直到757年，他整整在江湖上游历了13年之久。理想破灭的他，沿袭了往日里酗酒的习惯，终日与酒为伴，每次都喝到酩酊大醉，以此来逃避现实，只企求借这杯中之物，忘却尘世间的一切烦扰。

将进酒

君不见，黄河之水天上来，奔流到海不复回。
君不见，高堂明镜悲白发，朝如青丝暮成雪。

人生得意须尽欢，莫使金樽空对月。

天生我材必有用，千金散尽还复来。

烹羊宰牛且为乐，会须一饮三百杯。

岑夫子，丹丘生，将进酒，杯莫停。

与君歌一曲，请君为我倾耳听。

钟鼓馔玉不足贵，但愿长醉不复醒。

古来圣贤皆寂寞，惟有饮者留其名。

陈王昔时宴平乐，斗酒十千恣欢谑。

主人何为言少钱，径须沽取对君酌。

五花马，千金裘，呼儿将出换美酒，与尔同销万古愁。

求而不得，却又不甘心放手，唯有喝酒才能让李白的心里稍稍痛快一些。但他又非常清楚，酒这东西其实并不能消愁，酒醒之后，只能是举杯消愁愁更愁。他在理智与现实之间徘徊，他在颓废与放浪之中挣扎。一方面，他想建功立业，大展宏图；一方面，他又耻于与那些蝇营狗苟的宵小之辈同流合污。他内心的矛盾早就将他逼到了一个再也无法后退的角落里，他痛苦，他彷徨，他愤懑，他嘶喊，却仍努力保持着一颗赤子之心的剔透与纯净。

天宝十四年（755 年），安史之乱爆发，唐玄宗逃至四川，李白也和家人仓皇南奔避难。

驻守在江西的永王李璘，响应唐玄宗的圣谕，从江陵起兵讨伐逆贼。这个时候的李白虽已隐居于庐山，却还时刻关心着时政，一心想要报效朝廷，重拾盛世大唐，他在献给宰相张镐的诗作中道出了自己的心声。

意想不到的是，永王居然会突然跑到庐山来拜访他，几度邀请李白出山。耐不住永王几次三番盛情相邀，李白的雄心被彻底点燃了，便跟着永王到了他的军中。

在永王军营，年近六旬的李白作组诗《永王东巡歌》，抒发了自己建功报国的情怀。

谁承想，永王起兵却引起了一个人的忌惮，那便是曾经对永王最为友爱的唐肃宗。唐肃宗认为永王是为了与他争夺皇权才起兵伐逆，便以永王擅自引兵东巡作为借口，毅然发兵征剿。

不到五个月的时间，永王就兵败被杀。与此同时，李白也被投入浔阳狱中。当时的他，身上既没有钱财，也没有得力的亲朋帮忙，昔日"五花马，千金裘，呼儿将出换美酒"的万丈豪情，转瞬间便都消逝不见，而曾经的挚友高适，恰恰是负责关押看守他的将领，此时却只想装作与他素昧平生。

后来，经江南西道采访使宋若思、江东采访防御史崔涣并力营救，李白才得以逃脱牢狱之灾，并因祸得福，成为宋若思的幕僚，跟随宋若思到了武昌。

李白很受宋若思重视，宋若思甚至让李白以自己的名义向朝廷写荐表，竭力向皇帝推荐他，希望唐肃宗能够重用他。

可惜，唐肃宗怎么会任用曾给永王当过幕僚的李白呢？他不仅没有任用李白，还要以"附逆"之罪杀他，幸亏曾在并州受过他恩惠的代国公郭子仪，愿意解除自己的官职替他赎罪，才免了他的死罪，改为流放夜郎。

一生放浪不羁爱自由的李白，怎么也没想到，自己居然会在年近花甲之际，无端地遭遇一场牢狱之灾，还要被流放到遥远而又贫瘠的夜郎。这不仅让他心痛，更让他彻底绝望。

人生恰如一场春梦，曾经的一切，都好似水中月、镜中花，变得那么不真切、不真实，他瞬间跌入了谷底，跌入了伸手不见五指的深渊。

在流放途中再度经过黄鹤楼的时候，李白一边听着忧伤的《梅花落》，一边写下《与史郎中钦听黄鹤楼上吹笛》诗，再也不复数十年前在这里送孟浩然去扬州时的欢好心情。

幸好，唐肃宗乾元二年（759年），朝廷因关中大旱，宣布大赦，李白重新获得了自由。

他坐着小舟，顺着长江疾驶而下，一夕之间，便从三峡白帝城返回江陵。此时的他，沧桑已然不见，立马又变回了那个曾经的阳光少年。

重拾自由后的李白，并没有马上回家，又开始了他的游历生涯，从江夏到庐山，到洞庭，到浔阳，到秋浦，到宣城，到金陵，再次把自己活成了天下第一的逍遥客。他藐视一切苦难，他一心追求人生的快意，无论生活过得多么艰辛，他自仰天大笑，潇洒来去山水间。

上元二年（761年），大将军李光弼东镇临淮讨逆，李白闻讯后，不顾自己已经61岁的高龄，毅然前往临淮拜访李光弼，主动请缨杀敌，希望在垂暮之年，为挽救国家危亡尽心尽力，却因为一场突如其来的疾病，无奈于中途返回金陵。

回到金陵后，因生活窘迫，不得已之下，李白只好前往当涂，投奔时任当涂县令的族叔李阳冰。之后的日子，李白虽抱恙在身，却依旧活得潇洒，活得浪漫，照例每天酗酒舞剑，直到上元三年（762年）的某一天，病重的他在病榻上把自己的手稿都托付给李阳冰，赋《临终歌》后去世。

临终歌

大鹏飞兮振八裔，中天摧兮力不济。

馀风激兮万世，游扶桑兮挂石袂。

后人得之传此，仲尼亡兮谁为出涕？

李白死了，终年 62 岁。有人说他是病死的，有人说他是"以饮酒过度，醉死于宣城"。还有人说他是在当涂的江上醉酒后跳入水中捉月被溺死，极富浪漫主义色彩，可谓踏浪而来，抱月而归，与诗人潇洒落拓的性格倒是非常吻合。

浪子李白

有着"诗仙"之称的李白写过很多好诗，也写过不少与女人相关的佳作，但他写给自己妻子的诗作却大多不知名，所以很多人对他的爱情和婚姻生活不太了解。

李白一生共结过四次婚，娶过四个女人。

开元十五年（727 年），李白在好友孟浩然的介绍下，在安州结识了一个善解人意的姑娘——第一任妻子许氏。

当时，李白正是意气风发的年纪，根本就不在意婚娶之类的事情，所以直到年近三旬还是孤家寡人。

可当他看到许氏后，内心瞬间被击中，心想，这不就是他李白的夫人嘛！于是，他也不管人家愿不愿意，索性拿出了十八般武艺的缠人功夫，竭尽所能地讨好许氏和许家人，一心想把佳人娶回青莲乡。

许氏见李白是个青年才俊，相貌又生得端正英武，自然也早就对他芳心暗许。偏偏许氏父母舍不得让女儿远嫁，提出要李白入赘。不承想，李白连眼睛都没眨一下，当即就应承了下来。

李白本就出生在西域，加之祖父、父亲在西域生活了数十年，对入赘这件事比较看得开，自然不会有意见。

许氏是已故宰相许圉师的孙女。许圉师是唐高宗和武则天时期的宰相，虽然已经去世多年，但在他的故乡安州，许家依然是数得上号的名门望族。

有人说，李白之所以肯入赘到许家，是因为他想利用许家的势力为自己的前程背书，这其实是想多了。许家虽然在安州还算是有头有脸的士族，但李白与许氏结婚时，许圉师已经去世50年了，许家人在朝中既无权又无势，又如何能够替李白背书?

李白因为身世背景太过复杂，不能通过科举考试迈入仕途，所以只能选择干谒之路以期进入官场，实现自己的人生理想。许家虽然已经风光不再，但对李白建立人脉还是有所帮助的。也就是说，他娶了许氏，好处的确还是有的，但不能断定他入赘许家是出于功利的目的。

从现存资料来看，李白与许氏的婚姻是相当幸福美满的，即便没有举案齐眉，也绝对是恩爱夫妻的典范。

婚后，许氏先后给李白生了一个女儿和一个儿子。李白亲自替女儿起名为平阳，儿子起名为伯禽，因儿子生得乖巧可爱，还特地给他起了个乳名叫明月奴，以示珍重。

众所周知，李白是个闲不住的人。许氏给他生下两个孩子后，他依然憧憬着仗剑走天涯的生活，经常心念一动，便背上行囊，说走就走。所以，许氏和孩子们经常见不到他，而他也因为自己对家庭不太负责任的行为心生内疚，给许氏写下了不少感人肺腑的诗篇。

李白的这段婚姻只维持了 10 年左右。婚后的李白不是行走在江湖，就是出没在干谒之路上，大部分时间都没能陪在许氏身边，而许氏因为既要操持家务，又要抚育两个孩子，慢慢地就积劳成疾，早早便撒手人寰了。

许氏死后，李白常常睹物思人，伤心不已，就带着两个孩子离开了安州，定居鲁中的任城。

此时，李白年近四十，而两个孩子尚年幼，家中不能没有女主人打理生活，所以经人介绍，他娶了当地一个姓刘的女子作为续弦。

关于这位刘氏，史书上记载甚少，只知道他们婚后不久，便从任城搬到了曲阜附近的南陵村定居。

和李白刚刚认识时，刘氏见李白整天诗酒会友，高朋满座，交往的人不是官员，就是名士，便断定他是个既有钱又有人脉的"蓝筹股"，虽然眼下还没显达，但也绝非久居人下之辈，所以一经媒人上门说亲，就同意嫁给了他。

可惜，要想经营好婚姻，光有诗情画意是不够的，而且李白似乎也没太把刘氏放在心上，日积月累的，各种矛盾就都显露了出来。偏偏，刘氏不是盏省油的灯，一天一小闹，三天一大闹，折腾得李白悔不当初。

从刘氏的角度来说，她嫁给李白，本是看中了他的才华和远大的前程，希冀有朝一日他飞黄腾达了，自己捞个现成的诰命夫人当当。谁料到自打跟他成了亲后，他除了会天天写一些无病呻吟的诗文，就是花钱如流水，经常请客，长此以往，只怕等不到当上诰命夫人的那一天，她就要陪着他一起去喝西北风了！

刘氏的性格比较拗，脾气也非常不好，自打她认定李白是个毫无用处的废物后，就掌控了家里的所有财政大权，不给李白钱，也不让李白出去吃吃喝喝。久而久之，两人因为种种不可调和的矛盾，竟至闹到不可开交的地步，最后，刘氏效仿朱买臣妻的行径，干脆跟李白离婚了。

刘氏乖张的行为，气得李白写诗骂她"彼妇人之猖狂，不如鹊之强强；彼妇人之淫昏，不如鹑之奔奔"。当然，李白后来也反省了自己的行为，放下了这段往事。

恰恰就在刘氏与李白离异的那年，42 岁的他终于等到皇帝召他入京的诏书，兴奋之余，他把两个孩子托付给平日交好的朋友照顾，写下了一首《南陵别儿童入京》，欢天喜地地进京去了。

南陵别儿童入京

白酒新熟山中归，黄鸡啄黍秋正肥。
呼童烹鸡酌白酒，儿女嬉笑牵人衣。
高歌取醉欲自慰，起舞落日争光辉。
游说万乘苦不早，著鞭跨马涉远道。
会稽愚妇轻买臣，余亦辞家西入秦。

仰天大笑出门去，我辈岂是蓬蒿人。

天宝三年（744 年），李白被唐玄宗"赐金放还"，带着巨额财富回到鲁中，邂逅了他的第三任妻子。这位女子本是李白的邻居，长得端庄标致、体态风流，而且非常懂得体恤人，对李白的两个孩子也很好。李白很早的时候就已经心仪于她，可惜他已经娶了刘氏，便只好把这份恋慕的心思埋在心里。

咏邻女东窗海石榴

鲁女东窗下，海榴世所稀。
珊瑚映绿水，未足比光辉。
清香随风发，落日好鸟归。
愿为东南枝，低举拂罗衣。
无由一攀折，引领望金扉。

李白对邻家女的好感与日俱增，而尤为难得的是，邻家女也略通文采，这一点正中李白下怀，于是，他提着一大堆礼物登门求亲了。

在李白强势的追求之下，早就对他仰慕在心的邻家女很快就招架不住了，不仅彻底地成了他情感上的"俘虏"，而且心甘情愿地嫁给了这个比她大上几十岁的男人，成了他的第三任妻子。

婚后，为了避免刘氏的干扰，李白毅然决然地带着邻家女迁居兖州，并拿着皇帝赐给他的金银珠宝，在兖州置下了大批田产，生活又重新有了起色。

　　尽管邻家女没能在史书上留下姓名，但李白却是相当信任这位妻子，不仅将她视若珍宝般宠爱，更把家里的所有产业都如数交给她管理。而她也没有辜负李白对她的信任，不仅把家里打理得井井有条，对平阳和明月奴也都视如己出，一家人和和睦睦。

　　邻家女前后总共跟李白一起生活了五年时间，还给李白生了个儿子，大名李天然，乳名颇黎。遗憾的是，邻家女天不永年，不幸病故，而她和李白的儿子，后来竟也不知所踪了。

　　李白的最后一任妻子宗氏，是武则天和唐中宗时期的宰相宗楚客的孙女。宗楚客在世时，依附武家和中宗韦皇后的势力，权势很大。唐隆政变时，宗楚客被李隆基和太平公主联合铲除。从此，宗氏一族家道中落，但还是有一定的社会影响力。而李白这次婚姻又是入赘，再当了一次上门女婿。

　　说起来，李白和宗氏的结合，还有一段传奇佳话。当时，李白的第三任妻子去世不久，他的心情异常低落，听说有个女子竟然花了一千金买下了他题写过诗作的墙壁，便托人打听对方究竟是谁，没承想却给他带来了一桩意外的姻缘。

　　故事的起点还要从天宝三年（744年），也就是李白离开朝堂的那一年说起。那年夏天，李白从长安出发，东抵洛阳，并在那里结识了比他小11岁的杜甫。那时，李白早已名扬天下，而风华正茂的杜甫却还困守于洛阳，声名不显，但他们却一见如故。在洛阳分别时，他们约好下次还要在梁州和宋州会面，一起访道求仙。

　　同年秋天，李白和杜甫如约去了梁州和宋州，二人一路抒怀遣兴，借古评今，玩得不亦乐乎。此间，他们还结识了一直居于宋州的诗人高适。共同的理想和相似的抱负，让这三人成了无话不谈、亲密无间的挚友。

某天，他们一起来到梁园游玩，酒足饭饱后，李白突地诗兴大发，索性大笔一挥，在墙壁上题写下一首长诗。这就是著名的《梁园吟》。

一晃好几年过去了，李白甚至早就把自己在梁园题诗的事情忘掉了。偏偏天公作美，就在他第三任妻子去世之后，梁园的管事者决定将园子翻新，并准备把李白题写过《梁园吟》的那面墙壁重新粉刷。在这紧要关头，前来游园的宗氏出现了。

当宗氏看到李白题写的那首诗后，有感于他的壮志豪情，不忍看到这么好的诗文就这么被涂抹了，当即就花了千金，把那面墙壁连同李白的题诗通通买了下来，而这也就是历史上有名的"千金买壁"的故事。

就这样，李白和宗氏，便因为一首题诗相识相遇，但一开始，他并没有想过自己会和这位喜欢自己诗文的女子结婚，因为他们之间的差距实在是太大了。

首先是年龄的问题。其时，李白都已经快 50 岁了，而宗氏还是韶华年纪，比他小了几十岁。

其次是身份的悬殊，李白那会儿只是个无权又无势的布衣，而宗氏却是名门之后，且当时在民间还流传着一句民谣，说宗家的女儿，即便是天上的神仙也难求娶，李白自然不会也不敢生出非分的念头。

谁料到，那宗家的小姐却是铁了心要嫁给李白，甚至倒贴也要成为李白的夫人。久而久之，李白便松了口，不仅答应了这门婚事，还主动入赘到了宗家，给足了宗氏和宗家人面子。

二人婚后琴瑟和鸣，恩爱异常。他们有着相同的爱好，不仅都喜欢写诗饮酒，也都热衷于游历四方，而更为难得的是，宗氏居然和李白一样笃信道教，这样的婚姻又岂能不美满、不和谐呢？

人生一世，本就是知己难求，更何况像李白这样的真性情之人，很少有女人能够受得了他天马行空的行为方式，而能有这样一位知他懂他的妻子相伴在侧，对他来说，确实不是一桩容易的事。

因为李白生性喜欢游荡，所以在跟宗氏成亲后，依然没有有所收敛，反而还变本加厉了。宗氏虽然也喜欢四处游历，但毕竟身为女子，有诸多不便，所以他们的婚姻依然是聚少离多。

宗氏一直都很理解李白，不仅全心全意地照顾着李白的生活起居，亦给晚年陷于穷困的李白营造了温馨的港湾，即便是在安史之乱爆发之后，当李白决定去永王府做幕僚的时候，宗氏也未曾多加阻拦。尽管她心里很清楚，李白并不适合在官场上打拼，但她也十分体恤丈夫想要建功立业的抱负，所以也就由着他去了。

谁也没想到，李白会因为李璘案卷入皇权斗争而被关进大狱，宗氏在第一时间得到消息后，立刻通过自己的各种关系设法营救。李白被发配夜郎以后，有情有义的宗氏本想陪着他一起去，但李白担心她吃不了那个苦，便说服她不必跟随，可宗氏终是不忍心，就让弟弟宗璟替她送夫远行。

在流放夜郎的路上，李白心心念念的，都是还留居在鲁中的孩子和暂时寓居在洪州等他北归的宗氏。遗憾的是，兵荒马乱的年代，一路上他都收不到宗氏的家书，怎不惹他伤心难耐？

然而，让人感到意外的是，李白遇到了大赦，从奉节白帝城坐船赶往中原，却因为战乱和种种变故，他再也未能与宗氏见面。

从少年一路游历至老年，李白这一生都未曾达成心中的梦想，而那些曾经出现在他生命中的女子，似乎也没有一位能够彻底拴住他这匹"野马"。毕竟，他不是凡人，而是谪仙人。

● 明·周臣《流氓图》（局部）

杜甫

一生颠沛流离，却忧国忧民

一
二
二

有人说，杜甫活了 59 岁，却好像活了 200 年，他一生的经历，几乎浓缩了个体生命所能经受的全部苦难。他这一生，苦难和遗憾实在太多。一心想要匡扶社稷，却总是身处江湖之远；不能兼济天下，却也未能独善其身，半世穷困漂泊，深愧妻子儿女；就连他最骄傲的"诗是吾家事"，活着的时候也没能跻身一流文人的行列。

去世四十多年后，其孙杜嗣业才有能力将其迁葬回河南老家，并邀请当时的大文豪元稹为他写墓志铭。

当元稹不经意间翻开杜甫沉寂的诗卷时，瞬间惊为天人。一千多首诗篇包罗万象，应有尽有，精雕细琢却又浑然天成，不仅在内容上是这样，就连形式、技法、风格也是如此，兼容并包，博大精深。试问，世间除了他，还有谁担得起"诗圣"二字？

怎不忆江南

杜甫的远祖是汉武帝时的酷吏杜周，与唐代诗人杜牧一样，同为晋代大学者、名将杜预的后人。

杜预是京兆杜陵县人，而京兆杜氏早在汉代的时候，就已经是闻名天下的士族。唐代以后，京兆杜氏与京兆韦氏合称为"城南韦杜，去天五尺"，由此便可知道这个家族是多么的显赫了。

杜甫的祖父杜审言官做得虽然不大，却以才气与文名显达于天下。杜审言虽有才华，但恃才傲世，少年时与李峤、崔融、苏味道合称"文章四友"。

杜甫的父亲杜闲，官当得也不大，最高也就是朝议大夫、兖州司马。开元二十年（732 年）前后，杜闲被擢为奉天令，杜甫便跟着父亲举家迁到了京兆杜陵县。所以，他可以算作是半个长安人。

杜甫的母亲出自士家大族清河崔氏，可惜在杜甫很小的时候就去世了。不论从父族还是母族来看，杜甫的家世都是不错的，尽管祖父和父亲的官阶都不高，但他自小还是受到了非常良好的教育。

父亲杜闲给予了杜甫无限的关爱与呵护，不仅教他识文断字，还鼓励他以一颗自由自在的心，去认识并接纳这个世界，让他在很小的时候就受到了各种文化艺术的熏陶，为他后来成为首屈一指的"诗圣"打好了坚实的基础。

五六岁的时候，杜甫就在父亲任职的郾城，看过名著一时的舞蹈家公孙大娘英姿飒爽的剑器浑脱舞；年纪稍长后，他更在洛阳尚善坊岐王李范宅中，听过著名宫廷音乐家李龟年婉转曼妙的歌喉；后来，他还在北邙山顶玄元皇帝庙中欣赏过画圣吴道子画的五圣尊容、千官行列。在这个过程中，杜甫拓宽了自己的眼界。这个时期的所见所闻，成了他后来诗文作品的灵感来源。

当时的社会名流，如崔尚、魏启心等人，在看过杜甫的诗词文章后，都由衷地为他竖起了大拇指，夸他有班固、扬雄之风，就连李邕、王翰那样的文坛前辈，在听说了他的文名后，也都屈尊前来拜访他。

盛唐时期的男人，都有一颗游走四方的心，年轻的杜甫也不例外。杜闲倒也不拦着他，由着他的性子去周游天下。19岁时，杜甫便从巩县出发，去郇瑕玩了一段时间。

和李白一样，杜甫一路走，一路结交朋友，唯一的区别就是，他无法像李白那样豪放潇洒，无论是喝酒还是请客都需要计算花销。不过，他很快就迷恋上了这种自由随性的生活。从郇瑕回来没多久，他便再次踏上了游历的路途。

这一次，杜甫已经不满足于短途旅行了，他把目光转向了草长莺飞的江南。对杜甫来说，江南不仅是个神奇的地方，而且是他的梦乡——他的叔父、姑父，都在那里当官。所以，他这趟远行，既是游历，也是访亲。

纵观杜甫的一生，除了极为短暂的几次仕宦生涯，他大部分的时间都因为生计，不得不奔走在流浪的路上，而这次江南之行，却是他人生中为数不多的一次自由之旅，他就像一只飞出牢笼的小鸟，在蓝天白云间振翅高飞。

江南的山水风光，给杜甫那颗年轻的心，描上了一抹山高水长的葱茏绿意。他从洛阳出发，一路向南，经过宋州、泗州、楚州、京口，直抵江宁，然后又由江宁往东，先后去了苏州、杭州、萧山、越州、台州等地，一直在吴越大地上盘桓了四年之久，才恋恋不舍地起身返程了。

江南之于杜甫，就是人间至美的春色。江南的风花雪月，江南的儿女情长，不仅滋润了他那颗年轻而又烂漫的诗心，同时也润物无声地形塑了他的审美与人生意趣。这次刚届弱冠之年的青春壮游，无论对杜甫，还是对大唐诗坛来说，都是一次重要的历程，如果没有这次游历，或许就不会有后来的"诗圣"杜甫。

唐代的洛阳，不仅是东都、神都，更是古运河的中转点，向北可以抵达永济渠，通往幽燕之地，向南则可以经由广济渠过淮水，到达扬州、苏州、杭州那样的金粉之地，而杜甫长达四年之久的江南之旅，便是从洛阳开始拉开了盛大的序幕。

经过无数个日夜的舟车劳顿之后，杜甫终于抵达了江南的第一站——江宁，也就是今天的南京。这座纸醉金迷，连空气中都弥漫着胭脂气息的六朝故都，是杜甫少年时期就心驰神往的地方。在这里，他知道了谢安，知道了王羲之，知道了谢灵运，知道了鲍照，知道了谢朓，知道了陈叔宝，并在他们的诗词歌赋里尽情领略江南的秀丽。

唐代瓦官寺有三绝，分别是戴逵亲手制作的五躯佛像、狮子国进贡的白玉如来像以及顾恺之绘的《维摩诘像》。正是因为这三绝，使这座寺庙在隋唐时大放异彩，并引得无数文人骚客纷至沓来。作为诗坛新秀的杜甫，自然也不能免俗。

在"瓦官寺三绝"中，杜甫最在意的则是顾恺之的《维摩诘像》。相传，东晋画家顾恺之在瓦官寺重修之际，曾受寺僧之邀"鸣刹注钱"，也就是为寺庙捐钱，当时他想也没想就应承了下来，且许诺要捐助百万，而这百万在当时来说，也是一个天文数字。

眼看着认捐的日子快要到了，顾恺之二话没说，直接卷起铺盖来到寺里，求得一面粉墙，闭门画了月余，等维摩诘的像画好后，将要点睛的时候，他才把寺僧叫到一边说："第一日观者，请施十万；第二日可五万；第三日可任例责施。"要知道，顾恺之可是名重一时的大画家，所有人都等着看他画的《维摩诘像》，所以消息一经传出，前来观画的善男信女便立马挤满了整座寺庙。就这样，他很快就帮瓦官寺募得了百万之资。

顾恺之的《维摩诘像》，画得精妙绝伦，无比传神。对刚届弱冠的杜甫而言，与顾恺之《维摩诘像》的不期而遇，则是他青年时期受到的一次良好的美术教育。这种实地踏勘的美学储备，与他之前接触的公孙大娘的剑器浑脱舞、李龟年的歌声，一起构成了他美学修养的一部分。

见到顾恺之真迹的杜甫，内心无比兴奋，可惜，这价值连城的画作他是无法带走了，便只好退而求其次，愣是软磨硬泡地让刚结识的好友许登给他临摹了一幅。尽管杜甫当时并没有留下关于瓦官寺和维摩诘像的任何诗文，但在他47岁于长安送许登返回江宁时写下的《维摩诘像》诗里，却对当年的瓦官寺之游记忆犹新，由此亦可窥见顾恺之对他的影响有多么深远。

"虎头金粟影，神妙独难忘"，说的就是杜甫游瓦官寺时，求许登给他临摹《维摩诘像》的往事。写下这句诗的时候，距离杜甫游历江宁已经过了差不多三十年时间，而他居然一直都念念不忘。不得不说，年轻时的这段浪漫之旅，在他的整个人生中，还是占据了非常重要的位置的。

无独有偶，51岁的时候，客居成都的杜甫，依然没有忘记30年前的这段游历，更在《题玄武禅师屋壁》一诗中，写下了"何年顾虎头，满壁画瀛州"的句子，说的依然是在瓦官寺见到的那幅壁画。

直到他56岁带病抵临夔州之际，依然在五言百韵长诗《秋日夔府咏怀》中，深情回顾了顾恺之的艺术杰作，只一句"顾恺丹青列，头陀琬琰镌"，便将其对顾恺之画作的极度推崇与高度评价，一览无余地展现了出来。

年少的杜甫不仅接受了顾氏美学的濡染熏陶，还为之整整惦念了一生。

在江宁，杜甫不仅和许登一起游览了瓦官寺，还与一个被他叫作旻上人的出家人往来甚密。他时常和这位不知隐于江宁哪座寺庙的高僧一起泛舟湖上，一僧一俗，一袭袈裟，一袭青衫，不是下棋品茗，就是论道参佛。

后来，杜甫在和许登的钱别宴上，又想起了这位少时的故交，还特地为之写下了一首诗，追忆了那段虽历久却依旧弥新的逍遥岁月。

江南不仅有旖旎的风光，更有隽永的友谊。然而，人生总是要向前走的，所以，在江宁短暂逗留之后，他便一路高歌着往东去了苏州。

唐朝的苏州，是江南首屈一指的都会，更是一座周身都浸染着香艳的温柔乡。来到了苏州，杜甫自然不会错过这里的风景名胜，阊门，姑苏台，馆娃宫，虎丘，剑池，长洲，太伯墓，他一处也没有落下。

苏州自然也没能留住他继续探访江南的脚步，很快，杜甫又经由杭州去往会稽。甫至越地，迎接他的便是一池波光潋滟的鉴湖水。

沿着若耶溪一路南下，杜甫辞别了不期而遇的浣纱女，经浙东运河、曹娥江，折入剡溪，又经沃洲山、天姥山，直抵天台山石梁飞瀑。杜甫所走的这条路，也是众多唐代诗人游历之际走过的一条路，甚至被后人美其名曰浙东的唐诗之路。

这条古老的水路源自钱塘江，可以上溯到绍兴鉴湖，全程只有 190 公里左右，但《全唐诗》记载的 2200 余位诗人中，竟有 400 多位都从这里走过，《唐才子传》中出现过的 278 位才子中，也有 170 余位与这里有过亲密接触，而杜甫正是其中最为知名的一位。

鉴湖的水，若耶溪畔的越女，剡溪两岸茂密的植被，天姥山的高邈飘逸，都让杜甫为之流连忘返，久久不愿离去。他尽情地挥霍着自己的青春年华，爬山、戏水、采莲、划舟、高歌、雀跃，一路走来一路欢笑，快活得就像一个不谙世事的孩童。

当然，到江南拜访亲眷，也是他此次漫游的另一个重要原因。杜甫叔父杜登曾经担任"武康尉"，在浙江德清县一带当官，而他的姑丈贺扬则在江苏常熟为官。从时间上推断，杜甫当年漫游江南之际，这两位长辈恰好都在任上。

这次长达四年的漫游，为他日后的创作提供了丰富的精神源泉，并自始至终毫不间断地一直滋润着他的心灵，让他写出了一篇又一篇脍炙人口又能够让人们感同身受的绝佳诗作。

因为谙熟历史典故，杜甫之后对吴越漫游的回忆之作，总是由景及事，将对自然环境的直接观感与对人文历史的感慨相互结合在一起，读来让人不忍释卷。毫不夸张地说，吴越之行，为杜甫的创作注入了一股清丽之风。

江南就像一面明亮的镜子，在杜甫最痛苦、最无助的岁月里，为他映照出了一个瑰丽的山水世界，更为他营造出了一个对抗冷酷现实的精神家园。

江南之旅，不仅开阔了他的眼界，也提升了他的审美意趣。江南的这段经历，亦融入进他的骨骼、体肤乃至灵魂当中，并最终化作了一种无形的力量，促使他蜕变成了诗圣杜甫。

江南虽好，终究不是他的家乡，对一心想要建功立业的杜甫来说，再美的景致，也阻挡不了他的雄心壮志。四年了，该看的风景都看过了，该拜访的人都拜访过了，是时候回去为他的理想与抱负奋斗了。

唐玄宗开元二十三年（735年），23岁的杜甫在江南收到父亲的来信，要他回家参加乡贡考试，略加思索后，他便匆匆收拾起行囊，马不停蹄地赶回了杜陵。次年，杜甫在东都洛阳崇业坊的福唐观参加了科举考试，最后却以落榜告终，但他也没有太过在意，而是又立马从洛阳出发，风尘仆仆地赶到了兖州。

其时，杜甫的父亲已官迁兖州司马，所以，杜甫此次的兖州之行，自是为了省亲。但在兖州没待多久，还沉浸于吴越美景之中的杜甫，便又和好友苏源明一起，开启了另一段长时间的漫游历程。这一次，杜甫在齐赵一带，竟又心无挂碍地过了四五年"裘马轻狂"的快意生活。

望岳

岱宗夫如何？齐鲁青未了。
造化钟神秀，阴阳割昏晓。
荡胸生曾云，决眦入归鸟。
会当凌绝顶，一览众山小。

上元元年（760年），49岁的杜甫流寓成都，在浣花溪畔的西郭草堂闲居时，想到的不是长安，不是洛阳，也不是杜陵，而是他已经阔别了30年之久的江南。

山阴道上的轻舟，若耶溪畔的越女，苏州的阊门，江宁的瓦官寺，早已蜕变成了他内心的精神图腾，那时那刻，他只想泛舟江上，顺流而下，直抵会稽，去找寻丢失已久的青春年华，去做一个快乐而又无忧的逍遥客。只可惜，岁月更替，往事即便可以再追，他也无法悄然划向三十年前那段优哉游哉的欢乐时光，只能在惆怅与彷徨中，不断地回望，不断地追忆，而他那袭青衫小褂的潇洒身影，早已沉陷在江南之外的烟尘里，渐渐风化成一个沧桑的符号。

艰难困苦，玉汝于成

开元二十九年（741 年），杜闲病故，杜甫的日子也开始变得艰难了。

30 岁还没有步入仕途，意味着杜甫还没有能力养活自己。一家人要吃饭穿衣，长此以往，势必要坐吃山空。

杜甫只好一边勒紧裤腰带过日子，一边往来于洛阳与长安间，用父亲留下的积蓄结交权贵人物，以期在科举考试时能够得到他们的推荐，一举高中，迈入官场，一劳永逸地解决他的生存问题。

但即便在这段时期，杜甫也没有放弃外出游历。在此期间，他结识了岑参、李白等诗人。天宝六年（747 年），他才回到长安，参加了当年的制举考试。

眼看着父亲留给他的家底越来越少，再不为自己博个前程，只怕老婆孩子也得跟着他一起喝西北风了。所以，这次考试，杜甫给自己立了一个目标，那就是只许成功，不许失败。不同于以往的科举考试，这次的"制举"考试，是由唐玄宗亲自出题，以选拔非常人才，而且首次将诗赋纳入考试科目中，这对以诗闻名的杜甫来说，是一个难得一遇的好机会。

然而，一向以诗才自诩的杜甫，最后却败在了奸相李林甫的一己私心上。胸无大才、完全靠着谄媚逢迎的手段坐上高位的李林甫深知，这次由皇上亲自出题的制举考试，如果有考生在答卷中人肆抨击他的施政方针，那么他的官位就有可能不保。他向唐玄宗建议，先由郡县太守出面甄选人才，然后送入京师复审，最后再由唐玄宗亲自选拔。

　　唐玄宗采纳了李林甫的建议，并任命他为主考官，全权负责此次制举试。可出人意料的是，在李林甫的一番操作下，那一年参加制举试的士子竟然都落榜了。

　　唐玄宗气愤地质问主考官李林甫。没想到，李林甫竟然用他那张三寸不烂之舌辩解说："没有一个考生入选，其实不是坏事，反而是一件好事。"唐玄宗纳闷不解，李林甫又接着施展出了他花言巧语的谄媚功夫，大言不惭地说："举国上下，无一人选，只能说明陛下圣明，天下所有的贤才早已被朝廷尽揽，正所谓野无遗贤，也是太平盛世、国君圣明的象征。"

　　唐玄宗听了他的解释后，仰天大笑一番，便不予追究了，只可惜了那些寒窗苦读的士子，努力备考了那么久，到最后才发现是竹篮打水一场空。

　　这次制举试，最失望、最落寞的，莫过于一心想要出人头地的杜甫。他本以为皇帝在考试科目中加入了诗赋，是他的一大机会，却没料到李林甫竟然断绝了他的进阶之路，怎不让他愤懑不平？但是，一个没落的士家子弟即使不满，又能如何呢？他只能继续等待下一个机会。

　　眼看着自己的年纪越来越大，孩子们也都一个个长大，那个曾经活得潇洒、活得恣意的杜甫，第一次真正感受到了生存的危机。既然科举这条路行不通，那就继续走干谒路吧！为了实现自己的政治理想，为了保证妻子儿女将来不会跟着他一起饿肚子，他决定豁出这张面皮，好好地营谋一番，反正快走到山穷水尽的地步了，还有什么可顾虑的呢？

　　要营谋，自然少不了花钱。父亲留给他的产业已经被他花掉了不少，但为了自己的前程和家人的未来，他还是做好了散尽千金的准备。因为祖父与父亲的声名，加之他自身横溢的才华，杜甫很快便结交了众多权贵，如驸马郑潜曜、汝阳王李琎等。

权贵们十分欣赏杜甫的才华，也喜欢与之交往，但要正儿八经地推举他，便又一个个地偃旗息鼓了。穷途末路的杜甫，不愿去深究各种背后的问题，他只当是贵人多忘事。不管是谁招他赴宴，他二话不说，披上衣服就走，不管是谁要他赋诗，他立马提笔，从不吝惜才思。他坚信，只要真心以待，总有一天，权贵们就会帮他。

这怪不了杜甫。一切都是为了生存和前程。

天宝七年（748 年），一直非常赏识杜甫的韦济擢升尚书左丞。杜甫听闻他迁官长安后，便立即向他连续进献了两首诗，将自己的困境与抱负一一道来，但韦济并未能给他以任何实际的帮助。

困守长安的杜甫，始终得不到权贵们的推举与提携，且处处碰壁，壮志难酬，这让他的心情变得十分落寞。杜甫便又想着要离京出游，临行前特地给韦济进呈了一首诗《奉赠韦左丞丈二十二韵》，在陈述了自己的才能与抱负的同时，也倾吐了仕途失意、生活潦倒的苦况，顺便抨击了一下黑暗的现实。

对韦济来说，欣赏一个人，不等于就要提携他。所以，杜甫的诗送出去后，如同石沉大海，没有得到任何的回应。

此时的杜甫，几乎已经花光了父亲留下的积蓄，生活一天比一天拮据起来，为了生存，他甚至不得不干起了沿街卖药的营生，常常寄宿在朋友家中。他再也没有闲钱去走干谒那条路了。

长期生活于长安的底层社会，杜甫开始融入当地老百姓的社群之中，在和他们朝夕相处的过程里，他看到了市井小民的艰辛窘迫，而这一切，都与他之前见惯了的达官显贵们骄奢淫逸的生活形成了鲜明对比。

也就是从这个时候开始，杜甫慢慢意识到，曾经政治清明的盛唐，已渐渐被贪图享乐的腐化之风所取代，官场政治逐渐滑向黑暗的深渊，而他也不得不去面对一个更加真实、更加堕落的大唐。

天宝九年（750年）冬，听说唐玄宗将于次年正月举行祭祀盛典，杜甫终于等到了大显身手的机会。他一口气写下三篇礼赋，进献给了唐玄宗。要说杜甫这次还真算是押对了宝，玄宗皇帝读罢他这三篇字字珠玑的赋文后，不但赞赏有加，还当着臣僚们的面问出了一个良心问题：如此贤能之才，为何没有让他入朝为官？

唐玄宗是真心赏识杜甫的才华，很快就命他待制在集贤院，要授他以相应的官职。而杜甫本人也因为这三篇礼赋，一时名噪京师，那些集贤院的学士，更是把他奉若上宾。杜甫第一次感受到了被人追捧的乐趣与快感。

当时，杜甫满心以为自己终于得到了皇帝的赏识，入仕亦指日可待，可偏偏没有想到的是，半路又突然杀出了个程咬金来，而这个人不是别人，正是数年前在制举试中黜落他的奸相李林甫。

在李林甫眼里，杜甫是一个异己分子。既然不能为己所用，就要想方设法地进行打压。他向唐玄宗进谏说："如果此时重用杜甫，就会有人质疑之前野无遗贤的结论，进而有损陛下的圣明。"唐玄宗为了保住自己的声名，听信了李林甫的谗言，就给了杜甫一个"参列选序"的资格，让他听候分配。

没想到，这一等就是5年。44岁的杜甫，终于被那个整天和杨贵妃打得火热的唐玄宗想了起来，破天荒地赏了他一个河西尉的官职，并要他立即前往河西履职。

河西尉是个正九品下的芝麻官，官虽小，但好歹也是有俸禄的，只要上任了，就能解决杜甫缺钱花的燃眉之急，且这个职位要做的工作，也不过就是负责捕盗、审理案件、征收赋税、传达上级指令等杂事。但这个时候杜甫竟然发起了犟，想也没想，就毫不犹豫地拒绝了这份差事。

要知道，这个时候，杜甫一家的生活已经到了难以为继的程度，就连让妻儿吃上一顿温饱的饭也成了一桩奢侈的事。万般不得已，他只好把妻子杨氏和孩子们从杜陵送到了奉先县，让他们投靠在奉先县当县令的大舅子。

其时，奸相李林甫已经去世两年多了，所以他这小小的任性，也没引起御史台对他的弹劾，唐玄宗也本着多一事不如少一事的态度，顺水推舟地将他改任为右卫率府兵曹参军。

右卫率府兵曹参军，其实是个看管兵甲器仗和门禁锁钥的小官，施展不了什么抱负，但总好过让他去欺凌百姓、逼迫百姓。所以，他什么话也没说，便安然接受了这个学而无用的卑微官职。

当年冬天，杜甫怀着对未来的种种美好的憧憬，从长安出发，前往奉先县看望妻儿，本想着要和妻子好好规划下今后的人生，却不意脚还没有跨进家门，就先听到了一阵凄厉的号哭声。他怎么也没想到，他心爱的小儿子居然因为家贫被活活地饿死了。

杜甫欲哭无泪，他浑身瘫软地跌坐在了地上……他终究还是回来晚了一步。他原本是打算多领几个月的俸禄，再回来给妻儿好好改善一下生活的。可现在，当他带着微薄的俸禄赶回家时，不仅没能看到小儿欢天喜地地跑出门迎接他，就连一声小儿的嗔闹也无法再听到了，怎不惹他伤心难禁、自责连连？

悲愤之余，杜甫怒从心起，当即挥笔写下了千古名诗《自京赴奉先县咏怀五百字》。"穷年忧黎元，叹息肠内热。……朱门酒肉臭，路有冻死骨。"声声含泪，字字泣血，道出了杜甫对人间疾苦的同情与愤懑。他尚有官职在身，儿子依然没有摆脱被活活饿死的命运，那些处于社会底层的黎民百姓又当如何？只怕是早就身陷水深火热之中，无以自救了。

如果说，青少年时期的杜甫还如李白一般，有着满腔的抱负和仗剑走天涯的豪情，那么，在经历了人世间种种的磨难之后，人到中年的杜甫，已然没了当年励精图治的壮志，心态也跟着发生了质的转变。他不再关心自己命运的起落，也不再在乎上位者的垂青，他将目光转向了和他一样在困窘中苦苦挣扎的黎民百姓，目光所及之处，看到的都是掩藏在浮华盛世背后的各种艰难与困苦，而他的诗作也不再是歌功颂德的无用文章，取而代之的，则是山洪暴发般的疾呼与呐喊。

遗憾的是，没有人能够听到他声嘶力竭的疾呼，也没有人把他的呐喊当作一回事。唐玄宗继续搂着他心爱的杨贵妃，在长生殿许下生生世世长相厮守的诺言，达官贵人们不是忙着敛财，就是忙着在政府机构安插自己的亲信，西京长安和东都洛阳，依然是一派歌舞升平的景象，谁也没有意识到，仅仅一个月的时间后，一场叛乱将会以摧枯拉朽之势横扫大唐，将大唐从盛唐的美梦中惊醒。

天宝十四年（755年），"安史之乱"爆发。为躲避战乱，杜甫带着妻儿一路逃到了鄜州（今陕西富县）羌村，他的人生自此也进入了最为黑暗的时刻。

第二年，太子李亨在灵武（今宁夏回族自治区灵武市）即位，是为肃宗。流亡在外的杜甫得知新皇帝正在招兵买马、广纳贤才，心里突然一动：这也许是他人生中最后一个机会了，便收拾好行囊，准备去投靠唐肃宗，施展自己的政治抱负。

外面的世界兵荒马乱，妻子杨氏坚决反对他孤身上路。

杨氏出自名门世家，是司农少卿杨怡之女，嫁到杜家属于下嫁。但是，自打她嫁给杜甫后，几乎就没过上一天好日子。当她听说丈夫要去追随肃宗后，终于再也憋不住地挡在了杜甫面前，说什么也不肯放他离去。一句话，除了羌村，去哪儿也不行，哪怕是死，也要一家人死在一起！

杨氏的担忧，杜甫不是不懂。可这真的可能就是他最后的一次机会了，如果不能抓住这次机会，他这一辈子都不会有出头之日了，再说，他是真的需要这次机会，需要领一份俸禄来养家糊口，总不能一大家子人坐以待毙吧？

打定好了主意，杜甫再也顾不上妻子的劝阻，毅然决然地背起行囊上路了。一路上，他看到了无数逃难的百姓，看到了无数的伤兵残卒，也看到了路边堆积如山的尸体，好好的一个世界，就因为一场战乱，生生变成了人间地狱。他没有时间感慨，也没有时间恸哭，他只想乘风飞起，迅速赶到肃宗的行在，却不料欲速则不达，半路上竟然被安禄山的叛兵抓了起来，硬是把他押到了早就被贼军攻陷的长安城。

和他一起被抓的还有大诗人王维，以及他的好朋友诗人储光羲。这些人中，唯独杜甫的资历最浅、声望最低，所以当王维等人被押到洛阳并被逼着当伪官的时候，他只是被当作了一个无足轻重的角色，得以继续被羁留在了长安。

另一边，唐肃宗在灵武登基称帝后，即刻改元至德。唐玄宗眼看大势已去，认可了肃宗的帝位。

十月，宰相房琯自请为兵马大元帅，意欲收复两京，肃宗欣然应允。结果，房琯先后在陈陶和青坂两个地方吃了大败仗，大大伤了朝廷的元气。

杜甫在长安听到房琯战败的消息后，简直心痛如割，但他一个被羁押的书生又能做些什么？只能含着满腔的悲愤，写下一首又一首铿锵激昂的诗歌，来发泄心中的悲伤与哀恸。

悲陈陶

孟冬十郡良家子，血作陈陶泽中水。
野旷天清无战声，四万义军同日死。
群胡归来血洗箭，仍唱胡歌饮都市。
都人回面向北啼，日夜更望官军至。

叛军依旧游走在长安城的每个角落，不是在烧杀抢掠，就是在奸淫妇女。杜甫听得到他们打完胜仗回到城里喝酒庆祝的欢呼声，也听得到他们志得意满的高歌声，而与之形成鲜明对比的，就是官军的节节败退与百姓的号哭声。杜甫的心在滴血，那时那刻，他只恨自己是个手无缚鸡之力的穷书生，要不然，他就是拼了一死也要杀掉几个叛贼。

战火一直持续到第二年春天，也没有停歇下来的苗头。围城中的杜甫，望着荒草丛生的长安城唏嘘不已。40多岁的他，不仅为大唐的国运担忧着，更为远在鄜州羌村的妻儿担惊受怕着。他不知道妻儿们有没有受到战乱的牵连，也不知道他们是死是活，他只知道他想他们了，急切地想要见上他们一面，可眼下，整个长安城都处于叛军的铁蹄之下，他纵是插翅也难飞出，奈之若何？

春望

国破山河在，城春草木深。
感时花溅泪，恨别鸟惊心。
烽火连三月，家书抵万金。
白头搔更短，浑欲不胜簪。

除了写诗，除了在诗中寄托他的情思，他什么也做不了。想妻子，想孩子，想得窗外的花都哭了，每当听见鸟鸣，他都会不由自主地心惊肉跳。愁啊愁啊，到底什么时候才能逃脱这魔鬼的牢笼，回到妻儿的身边？他愁得都快谢顶了，头发一天掉得比一天多，眼见得连簪子都插不上了，可官家的军队怎么还是迟迟不来呢？

唐肃宗至德二年（757年），杜甫依然被叛军禁于长安，但在城内的行动还是相当自由的。四月初九日，当他得知肃宗已从灵武移驾凤翔后，便生出了前往凤翔投奔肃宗之意，为躲避叛军耳目，他立即动身前往城西的怀远坊大云经寺住寺僧赞公处，与赞公共谋出逃之计，暂时寄住在了寺内。

在大云经寺寄居的一个月夜，杜甫又想起了远在鄜州的妻儿。无论身在何处，他们都是他心底最深的牵挂。月色撩人，月光温婉，他却不能守在他们身边共赏一轮明月，怎教他不伤心难禁？

月夜

今夜鄜州月，闺中只独看。
遥怜小儿女，未解忆长安。
香雾云鬟湿，清辉玉臂寒。
何时倚虚幌，双照泪痕干。

寂夜依旧孤独难熬，今晚的鄜州，月色应该也和长安的一样娟好，遗憾的是，妻子亦只能拥着和他相同的寂寞，在寂寞中独自守个寂寞。

孩子们年纪尚幼，他们不懂母亲为什么总是守在寂寞中，思念着远方的长安；更不明白身陷贼窟的父亲，对他们来说到底意味着什么。杜甫什么也做不了，他只能想着妻子日渐消瘦的容颜，隔着山高水长的迢遥，在被泪水洇湿的纸笺上，轻轻地问一句，她透着香气的鬓发，是不是被早晨的雾气打湿了？

想念她月光下洁白的手臂，却不知道此刻的她到底冷还是不冷。他已经被困在长安城整整大半年了，拿不到他的俸禄，妻子该拿什么为自己和孩子们添衣御寒？这辈子他最对不住的就是妻子和儿女，什么时候他才能和妻子一起坐在帷帐里，手拈一把明晃晃的月光，双双把眼角的泪水拭干呢？

妻子和儿女，是杜甫心头永远放不下的牵挂。无论如何，他都不能坐以待毙，更不能任由妻儿自生自灭，所以，他决定一不做二不休，以大云经寺为起点，逃出长安，去凤翔，去找肃宗皇帝。

就这样，杜甫冒着极大的生命危险，历经千辛万苦后，终于在同年五月抵达凤翔。当他站到唐肃宗面前时，两只衣袖是破的，露着胳膊肘，脚上的两只麻鞋也是破的，露着脚趾头，头上的头巾倒是还在，但已经分不清是什么颜色的了，胡子拉碴，满脸风尘，怎一个狼狈了得！

唐肃宗看到杜甫这个样子，知道他是条铁骨铮铮的汉子，心里着实感动，便拜其为左拾遗。左拾遗这个官职，是负责给皇帝提建议的，岗位非常重要，但官阶却不高，级别只是从八品上。

虽然只混了个小官，但能够待在皇帝身边，杜甫已经相当心满意足了。为报答皇帝对他的知遇之恩，他是知无不言，言无不尽，别人不敢说、不方便说、不愿意说的话，他都会毫不犹豫地说出来。他甚至还积极帮助刚从西域回来的老朋友岑参，在朝廷里谋得了一份右补阙的官职。

一开始，肃宗皇帝是很欣赏杜甫的，杜甫的建言他也都听得进去。这就给杜甫造成了一种错觉，认为只要是于国于君有利的事，他便都可以随心所欲地表达自己的意见，却不知道伴君如伴虎的道理。很快，他就因为卷入了一场政治漩涡，失去了君欢，从而遭到了贬谪。

问题的症结出在宰相房琯身上。因为陈陶、青坂两次战役的失败，肃宗早就对房琯心生嫌隙，加之房琯居功自傲，常常借故不肯上朝，更引起皇帝对他的嫉恨，便腾出手来要处理这个不太听话的臣子，恰好这时又有人站出来诬陷房琯，肃宗便顺水推舟，撤掉了房琯宰相的职位。

没人敢出来替房琯说话，只有杜甫手持奏章站了出来，不仅替房琯好话说尽，更把诬陷房琯的人骂了个狗血喷头，言辞相当激烈。这一下，他彻底惹怒了肃宗。皇帝将他贬到了华州，让他负责当地的祭祀、礼乐、考课等事，说起来就是个无所事事的闲职。

这次贬斥对杜甫的打击挺大。他本以为新皇帝是个从谏如流的人，没承想也是个刚愎自用的主，一时间，失望、失落、沮丧的情绪，一股脑儿地涌上了心头。幸好郭子仪此时收复了长安，宰相张镐趁机替他说话，肃宗心情大好，便撤销了对杜甫的惩罚，不仅让他官复原职，还破天荒地给他放了长假，让他先回鄜州探望妻儿。

尽管已经有了官职，但他依然很穷，不能衣锦还乡，但想着家中的妻子和几个嗷嗷待哺的孩子，他便立刻动身赶回鄜州了。

"青袍朝士最困者，白头拾遗徒步归。"他穷得连一件体面的朝服都买不起，自然也没有闲钱买马，所以只能徒步，一路从凤翔走回鄜州。

当杜甫回到家后，看到的却是衣服打满补丁的妻子。他才离开家中一年而已，妻儿的生活竟已困顿至此，如果再迟归些日子，还不知道他们是否能活着等到他回来的那天。

一家人抱在一起哭成一团。杜甫最宠爱的儿子面色苍白，没有一丝血色，见了父亲只知道转过身去一味地哭泣，连句话都说不清楚。定睛望去，却看到他脚上脏兮兮的，竟连双袜子都没有穿，怎不让人揪心？再看看两个小女儿，短得刚到膝盖的裤子上，也都缀满了补丁，哪里有一点士家之女的模样？

没办法，家中实在是太穷了，要怪就怪他杜甫没本事，连累了妻儿。不过，只要留得青山在，便不怕没柴烧，尽管得罪了皇帝，但毕竟还有官职在身，想必日后的生活也一定会慢慢好起来吧！

夜里，他和妻子互相举着蜡烛，在烛火下把对方仔细地端瞧了又端瞧，心里洋溢着说不出的快乐。

"是你吗，子美？"

"是我。"

"是你吗，孩子他妈？"

"是我。"

他们小心翼翼地瞅着彼此，问了又问，哭了又笑，笑了又哭，生怕是在做梦。

在家中待了几个月后，杜甫起身返回长安。他在左拾遗这个职位上克己复礼，鞠躬尽瘁，可惜肃宗皇帝始终因为房琯的事，对他心存芥蒂，不仅不再信任他，也不肯再提拔重用他，杜甫提的建议亦都被束之高阁。

　　失去皇帝的恩宠，杜甫在长安的日子过得非常艰难，甚至到了要典当衣服换钱喝酒的地步。不过，这样的日子也没能维持多久。乾元元年（758 年），杜甫受到房琯的牵连，被贬为华州司功参军，彻底离开了朝堂。

　　年底，杜甫离开华州，前往洛阳、偃师省亲。第二年农历三月，唐军与叛军在邺城一带爆发了大战，结果官军大败。杜甫在从洛阳返回华州的途中，亲眼见到战乱给百姓带来的无穷灾难，忍不住感慨万千，奋笔写下了不朽的史诗："三吏"和"三别"。

　　冷酷的现实，让杜甫开始意识到，他的政治抱负根本不可能有实现的机会。在亲眼见到官吏们残酷镇压和逼迫贫苦的百姓后，杜甫对朝廷彻底失望了。

　　乾元二年夏，杜甫毅然辞去了华州司功参军一职，带着妻儿一路颠沛流离，来到了秦州（今甘肃天水），并在那里安顿了下来。

　　秦州虽然地处边远，比不上长安、洛阳富庶，生活相对要艰苦了许多，但所幸还算安稳，慢慢地，杜甫也就放下了那颗漂泊的心，并做好了长期居住在那里的打算。

　　然而，兵荒马乱的时代并不打算让他安心。几个月后，史思明从范阳引兵南下，攻陷汴州，西进洛阳，山东、河南等地都处于战乱之中。其时，杜甫的几个弟弟正分散在这一带，由于战事阻隔，音信不通，他很是为弟弟们的安危担忧，却又无能为力，亦只能在纸笺上写下对他们的思念。

　　在秦州住了两个月后，杜甫决定举家迁往更远的同谷（今甘肃陇南市成县）。本以为同谷会是他理想中的世外桃源，结果等他赶到同谷的时候，已是冬日，飞雪连天，寒风呼啸，这里的条件可比秦州艰苦多了。为了生存，衣衫单薄的他还要时常带着家人去山上捡拾橡栗、挖黄精苗来充饥，却又苦于恶劣的环境，常常都是空手而归，而这样持续下去的结果，便是家中老小都因为饥饿病倒在床榻之上，终日辗转呻吟。

曾经风度翩翩、裘马轻狂的杜甫，现如今，竟为了生活愁白了头，手脚亦被冻得皲裂。无论是秦州，还是同谷，生活都是异常艰辛的。这段时间，杜甫深切地体会到了生活的窘困，看到了黎民百姓的不易，可他什么都做不了，只能用一首首充满悲凉与疾苦的诗，填补着内心的空虚，并借以排遣他心中积淀已久的愤懑与惆怅。

入朝为官，造福黎民的抱负，他早已慢慢放下。而今，他想要的不过是生活安定、家人安好，可茫然四顾间，他才发现，这世上根本就没有什么岁月静好，他付出的所有努力，在一次次破灭的希望面前，终不过是在痛苦与煎熬中负重前行罢了。

寒风萧瑟，荒芜的环境给他的心境更添了一缕悲凉。这地方他是真的待不下去了，在同谷只短暂生活了一个月后，杜甫便决定继续南行。这一次，他把目标对准了蜀地的成都，那个芙蓉春暖的锦绣之城。

杜甫之所以选择成都，不仅是因为它繁华富庶，还因为它不曾遭受战祸的影响，而尤为重要的一点是，他的老朋友高适，此时正在蜀地出任彭州刺史。另外，当时的成都府尹兼剑南西川节度使，则是早年与他有过交往的裴冕。也就是说，只要到了成都，他势必会得到故交好友们的帮助，让他们一家都免于遭受饥寒。

生活已陷于困顿中的杜甫别无他法，唯一能想到的，就是选择南下依附朋友。朋友们也没有让他失望，不仅给予了他各种物质上的帮助，更用无微不至的关怀与隔三岔五的嘘寒问暖，让他感受到了春天般的温暖。

最后的告别

初到成都，杜甫一家暂时寄居在西郊浣花溪畔的草堂寺里，靠着裴冕和高适等故旧的照顾与接济，过上了一段相对安逸的生活。古寺不仅为杜甫提供了安身之所，还在无形中安抚了他那颗日渐疲惫的心，所以他很快就深深地爱上了这片土地。来年春天，他开始着手在草堂寺附近的浣花溪畔自建房子，做好了长期居留的准备。当然，盖房的钱都是朋友们募集而来的。

暮春时节，一幢宽敞明亮的房屋终于在草堂寺附近落成了，这也就是后人所熟知的"杜甫草堂"。此处环境幽雅，一边是波光粼粼的浣花溪，一边是苍翠蓊郁的树林，置身其间，就像是走进了世外桃源一般。

搬入新居后，杜甫又带领妻儿在院子里开辟了菜园和药圃。每天天刚亮，他都会亲自去园子里给蔬菜和瓜果浇水除草。他一边享受着田园生活的安逸闲适，一边期待着美好未来。

远离了战乱和忧愁，杜甫沉郁已久的心情变得开朗了不少，成都这座城市也由最初的陌生与疏离渐渐在他心头占据了特别重要的地位。他喜欢这座城市，喜欢这座城市的花花草草，喜欢这座城市的山山水水，甚至是不期而遇的一场春雨，都让他欢喜得像一个稚童般手舞足蹈。

春夜喜雨

好雨知时节，当春乃发生。
随风潜入夜，润物细无声。
野径云俱黑，江船火独明。
晓看红湿处，花重锦官城。

妻子杨氏自嫁给他后，就没过上几天好日子，在鄜州的时候甚至还穿着到处都打着补丁的衣服。到成都后，因为有亲戚朋友的照拂，杜甫终于让妻子过上了一段舒适宁和的生活，尽管没有锦衣玉食，但温饱问题总算是彻底解决了，所以杨氏也难得腾出工夫来，且饶有兴致地在纸上画出棋盘，跟他对起了弈来。

宁静的田园，和睦的家庭，给杜甫的生活注入了全新的活力，他常常在拂晓时分就骑上马四处闲逛，直到日暮降临时才会返回草堂，周遭的山水景致，无一不留下了他清瘦的身影与不朽的诗作。

这些诗流露出了杜甫颠沛流离的一生中，所难得遇到的一丝清闲与放松。偶尔有客人来访的时候，杜甫更是兴奋得难以自抑，不停地举杯畅饮，纵是洞府神仙，也不过如此吧？

杜甫客居成都后，因没有官职在身，除了自家菜园里种的些许果蔬可以暂且充饥，其他开销花费，基本上还是要靠朋友裴冕、高适和表弟等人接济。

有一回，家里实在没有粮食了，杜甫就毫不客气地给老朋友高适寄了一首诗，开口向他求助。远在绵州的高适因为抽不开身，就赶紧托人给杜甫送去生活物资，解了他的燃眉之急。

来成都之前，杜甫的生活一直处于困顿之中，而来到成都后，一切便开始朝向好的一面转变了。可以说，成都就是杜甫人生的转折点。因为这让他终于有了机会，可以关注自己，关注家人，关注一蔬一饭。此时此刻，他忘记了皇帝，忘记了朝廷，关心的唯有老婆孩子和邻里乡亲。他和妻儿一起，在草堂过上了慢生活。

然而，暂时的美好，并不代表杜甫就过上了无忧无虑的生活。尽管已经在草堂安顿了下来，但依旧是寄人篱下，要靠朋友的接济才能度日，所以杜甫的内心深处还是充斥着隐忧的，再加上年已五旬的他身体也一天天大不如前，说一点也不愁闷，那绝对是假的。

唐肃宗上元二年（761年）农历八月，狂风裹着漫天的沙尘席卷而来，顷刻间便掀翻了杜甫草堂屋顶的茅草，还没等众人反应过来，又下起了倾盆大雨。真正是屋漏偏逢连夜雨，怎不让人惆怅惶惑？

那一日，杜甫彻夜难眠，从自身穷困的遭遇，联想到战乱以来万方多难的情景，他感慨万千，悲愤难抑，遂奋笔写下了千古名篇《茅屋为秋风所破歌》，期盼能有千万间的大厦，用来庇佑天下像他一样的寒士，让他们都能安居乐业。

当年冬天，杜甫在长安的故交严武出任成都府尹兼御史大夫，充剑南节度使。他的到来，对杜甫来说，简直就是雪中送炭。

　　杜甫不仅与严武交好，跟严武的父亲中书侍郎严挺之的关系也很好，所以严武甫一入蜀，就给予了杜甫极大的照拂。这一回，他总算是彻彻底底地安顿了下来。

　　但好景不长，次年农历七月，严武被召回京，迁京兆尹兼御史大夫。哪知道他前脚一走，蜀中便发生大乱，剑南兵马使徐知道竟然勾结邛州兵占据了西川，扼守剑阁，通往长安的道路为之阻塞，日子刚刚有些起色的杜甫一家，顿时又陷入了战火之中。

　　无奈之下，杜甫把妻儿暂时安置在成都，自己只身前往梓州筹措经费，想要带着家眷离开蜀地。但经过多方奔走后，却未能如愿以偿，便只好设法把家人接到梓州团聚。

　　在梓州的日子，比之在成都更加清苦，但杜甫听到唐军收复河南河北的消息时，完全忘记了自己的处境，喜不自禁地写下了一首《闻官军收河南河北》。

闻官军收河南河北

　　　　剑外忽传收蓟北，初闻涕泪满衣裳。
　　　　却看妻子愁何在，漫卷诗书喜欲狂。
　　　　白日放歌须纵酒，青春作伴好还乡。
　　　　即从巴峡穿巫峡，便下襄阳向洛阳。

　　在梓州待了一年多后，广德二年（764 年）春天，杜甫决定沿嘉陵江东下，然后往北返回河南。这个节骨眼上，他听说严武再次担任成都尹镇守蜀地，立马就改变了主意，兴高采烈地带着妻儿回到了成都草堂。

眼见杜甫的日子过得越发艰难，同年六月，严武特地将他推荐为节度使署参谋、检校工部员外郎。有了严武的庇护，杜甫的生活总算是有了保障。然而，严武对他的种种关照，却引起了同僚们的非议与嫉妒，认为他是靠着攀附严武才得到了这个官职，言辞间多有不屑之色。所以，没过多久，他便愤而辞去了这份差事。

失去了差事的杜甫，生活一落千丈，但好在严武还算体恤他，没让他走上穷途末路。可仅仅几个月后，正值壮年的严武竟然一病不起，死在了任所。

好友的逝去，不仅让杜甫悲痛万分，更让他失去了依靠与庇护。他不得不带着家人离开了成都，一路向东，于大历元年（766年）抵达夔州（今重庆市奉节），投奔那里的都督柏茂林。

在柏茂林的照顾下，杜甫得以在此暂住，为公家代管公田，生活总算又有了着落。他自己也租了一些田地，并买了40亩果园，踏踏实实地当起了农民。

在夔州居住的这段时期，杜甫的创作热情达到了顶峰，不到两年的时间里，他居然写了四百多首诗，《登高》中的"无边落木萧萧下，不尽长江滚滚来"更是成为千古佳句。

登高

风急天高猿啸哀，渚清沙白鸟飞回。

● 元·赵孟頫《杜甫像》

无边落木萧萧下，不尽长江滚滚来。

万里悲秋常作客，百年多病独登台。

艰难苦恨繁霜鬓，潦倒新停浊酒杯。

写下《登高》的时候，杜甫已经患上了非常严重的肺病。重阳佳节，登高远望，但见秋风瑟瑟，一派萧条之象，因感念于生活的困顿、人生的苦况，杜甫自是悲从中来。

大历三年（768 年），杜甫思乡心切，乘舟出峡，年底的时候到达湖南岳阳，泊舟岳阳楼下。登上神往已久的岳阳楼，他凭轩远眺，面对烟波浩渺、壮阔无垠的洞庭湖，想到自己晚年漂泊无定，国家多灾多难，自是感慨万千，便挥笔写下了《登岳阳楼》，以抒胸怀。

登岳阳楼

昔闻洞庭水，今上岳阳楼。

吴楚东南坼，乾坤日夜浮。

亲朋无一字，老病有孤舟。

戎马关山北，凭轩涕泗流。

大历五年（770 年），59 岁的杜甫思乡心切，一路沿着湘江漂泊，想要回到洛阳。此时的他，已是一位风烛残年的老人，望向长安、洛阳的方位，却只看见眼前的滔滔江水，浩浩汤汤地东流去，忍不住感叹天高地阔，竟不知何以为家，何处可以容身。

偏偏在这个时候，杜甫又遇上了臧玠在潭州作乱，便只好继续逃往衡州。原打算再往郴州投靠舅父崔湋，但刚行到耒阳的时候，便遭遇江水暴涨，只得暂时停泊在方田驿。哪知道这一停，他五天都没找到东西吃，差点饿死，最后幸亏当地的县令派人送来酒肉，方才得救。

由耒阳到郴州，需逆流而上二百多里，此时洪水又未退去，只得作罢。杜甫原本一心想要北归，索性又改变了计划，直接顺流而下，折回潭州。

当年冬天，杜甫带着一家八口人，由潭州乘船前往岳阳，在经过洞庭湖时，风疾愈加严重，终致半身偏枯，卧床不起。

连年的颠沛流离，加之贫困与疾病，早已将这位曾经意气风发的诗人折磨得奄奄一息，但他始终挂念着祖国，以及受苦受难的天下黎民。在夕阳的映照下，他饱经风霜的面颊显得格外沧桑沉郁，微微颤抖的双手，轻轻捻了捻褶皱的纸边，便低低吟诵起了他留在尘世间的最后的绝响。

写下这首诗后不久，杜甫便带着他终生未曾实现的抱负和满心的遗憾与悲愤，病逝在湘江上的一条风雨飘摇的小船上。

他至死也没能回到阔别多年的故乡洛阳，也没能回到寄托毕生理想的帝都长安。一代诗圣就这样默默地逝去了，临终前，陪伴着他的，除了悲伤欲绝的家人，还有那静默的洞庭湖水，在黄昏的追忆里，无声地拍打着船舷。

● 元·黄公望《快雪时晴图》（局部）

陆

岑参

理想丰满，现实骨感

　　岑参是盛唐杰出的才子诗人，与王之涣、王昌龄、高适一起，合称"四大边塞诗人"，更与高适并称"高岑"。在"四大边塞诗人"中，岑参在边塞待的时间最长，他对边塞风光、军旅生活，及西域文化风俗，都有着极其深切的独特感受。

　　是岑参，让我们知道唐诗除了豪情、风流、潇洒、狂放，还有热血、气势磅礴、慷慨激昂的一面。正因为如此，南宋爱国诗人陆游才称赞他"太白、子美之后，一人而已"。

何处是归宿

　　岑参从小就是神童，但他长大以后却偏偏有些不务正业，总喜欢到处游山玩水，诗文写了不少，朋友遍天下，却一直没参加科举考试。直到 27 岁，他才在家人的催促和朋友的规劝下，迈入了考场。没想到揭榜之后，他居然成了榜眼。

岑参之所以不想参加科考，倒不是他不想步入仕途，也不是他生性淡泊，而是与他的家族有着紧密的关联。

岑参的曾祖父岑文本是唐太宗时期的宰相，伯祖父岑长倩是唐高宗李治时期的宰相，堂伯父岑羲是唐睿宗时期的宰相。这样的家世，在朝中的影响力是不容小觑的。

然而，岑氏家族在唐朝的辉煌，也只是昙花一现，在经历了短暂的绚烂之后，便一路滑向暗不见底的深渊，归于沉寂。

首先给这个家族带来磨难的，是岑参的伯祖父岑长倩。他因为反对武则天立侄子武承嗣为太子，被酷吏来俊臣诬陷谋反，他和五个儿子全部被杀。

但即便如此，树大根深的岑氏家族，也没有因为这桩变故伤及根本，而给这个家族带来致命一击的，则是岑参的堂伯父岑羲。唐玄宗登基后不久，岑羲依附太平公主密谋发动政变，被当场斩杀于朝堂之上，几个儿子也都跟着掉了脑袋，并连累很多族人被流放。从此，岑家一夜之间就败落了。

这次变乱让刚刚登基的唐玄宗恨透了岑氏族人，自此以后，岑姓之人不再得到重用。

"国家六叶，吾门三相"的荣光，在岑羲被杀后，就成了所有岑氏族人心底的痛。自岑参出生在仙州的那一刻起，直到他在成都去世为止，他都未曾有缘见到岑氏一族重新崛起。

每一个古老的家族，都有着属于他们自己的命运。弘农杨氏也好，兰陵萧氏也好，陇西李氏也好，荣阳郑氏也好，大多数家族都躲不开兴衰荣辱的魔咒。

　　尽管岑氏家族不可避免地衰败了下来，但瘦死的骆驼比马大，数代人累积的财富还是在的，所以岑参5岁便开始读书，9岁就能赋诗作文，是一个名副其实的小才子。

　　开元八年（720年），父亲岑植由仙州刺史调任晋州刺史，不满3岁的岑参随父母兄弟一起迁居晋州。岑植去世后，岑家兄弟依然留居晋州，直到14岁的时候，岑参才跟随母亲和兄弟移居到了位于王屋山的祖屋"青萝旧斋"，一年后又搬至嵩阳，不久又迁至颍阳。

　　嵩阳、颍阳分别为嵩山东西两峰——太室峰和少室峰的所在地，两峰相距七十余里，岑家在两地都结有草堂。嵩山是五岳之一，景色秀美，风光无限，到处都是奇峰峻岭，古木流泉，走到哪儿都能让人心旷神怡，宛临仙境。在如此清幽静美的环境中，少年岑参自是被熏陶出了一颗淡泊而又宁和的心，他终日穿梭在深谷幽林，快活得不能自已。

　　在嵩山生活的这段时期，岑参每天除了玩，便是在兄长的督促下潜心学习。虽然天资聪颖，但岑参偏偏对仕途表现出了超乎寻常的淡漠，压根儿就没有考虑过参加科举的事。

　　一门三相又如何，世代官宦又如何？名门望族，在皇权面前又算得了什么？别看岑参年纪小，可他对世事却比谁都看得通透。人这一辈子，活着到底是为了什么？难道就是为了高官厚禄吗？一切终不过都是身外之物，重要的是能够逍遥快活、问心无愧地度过一生。

　　岑参非常喜欢嵩山的山水风光，索性就在面对嵩山的草堂里住了下来，每天不是信步游走在山中，就是摘摘瓜果、钓钓鱼，日子不要过得太惬意了。有高山，有流水，有白云，有清泉，有花香，有鸟鸣，终日沉浸在美不胜收的景致里，岂不要比步入仕途逍遥快活多了？

就这样，岑参一直在深山里隐居了5年，直到20岁那年，他才在两个哥哥的督促下，走出山林，来到了长安。

岑参的身上背负了家族的希望与出路。作为岑氏家族的后人，他既感到自豪，又觉得惶恐。伯祖父与堂伯父两家的遭遇，都让他对仕途产生了一种难以言述的抵触情绪。但是，母亲和哥哥说的也没错，他体内毕竟流着岑氏一族的血液，一直游荡在山林里，肯定是不行的。

在兄长的安排下，他拜见了很多达官贵人，也结识了很多文坛巨擘，却未能引起权贵们的注意。毕竟，他罪臣旁支的身份，让很多人避之唯恐不及。

岑参当然明白，那些达官贵人真正愿意提携他的没有几个，但他本就志不在仕途，所以也就没有把这些放在心上。若是哥哥们催促得紧了，他就去装模作样地拜谒一些高官贵族，给皇帝进献文章；若是哥哥们放松了对他的督促，他就又一溜烟地跑回嵩山，逍遥自在去了。在内心深处，他依然只想做个与清风明月相伴终生的槛外之人。

开元二十八年（740年），岑参在长安结识了比他年长20岁的诗人王昌龄，两人相见恨晚，很快就结成了一对莫逆之交。王昌龄是和岑参齐名的边塞诗人，但那个时候，岑参还不知道自己日后会前往西域，更没有意识到自己会成为一个边塞诗人，他只是纯粹地欣赏王昌龄的才气和个性。从此，只要有王昌龄出现的地方，就总少不了岑参相伴在侧的身影。

同年冬，王昌龄因"不护细行"，被贬为江宁丞，离开长安南行。岑参感伤之余,特地赋诗一首,以为送行,字里行间,既表达了对王昌龄怀才不遇、仕途多舛的同情,更勉励他葆光守真,再展宏图。

送王大昌龄赴江宁

对酒寂不语,怅然悲送君。

明时未得用,白首徒攻文。

泽国从一官,沧波几千里。

群公满天阙,独去过淮水。

旧家富春渚,尝忆卧江楼。

自闻君欲行,频望南徐州。

穷巷独闭门,寒灯静深屋。

北风吹微雪,抱被肯同宿。

君行到京口,正是桃花时。

舟中饶孤兴,湖上多新诗。

潜虬且深蟠,黄鹄举未晚。

惜君青云器,努力加餐饭。

王昌龄离开长安后,岑参的心情一下子低落了许多。尽管在长安他认识很多人,但却没有几个人能够交心。

岑参很小的时候,父亲岑植曾在南方当官,所以他对南方的山水风光并不陌生。王昌龄要去的地方就是他曾经漂泊过的江南,这让他的心头瞬间生起了莫名的惆怅与唏嘘。

算算日程,王昌龄行至京口的时候,正好应该是桃花盛开的季节，想必那会儿，他纵使孤舟子行，也必然会诗兴大发吧？再看看自己，终日里东游西逛，也不知道究竟是为了什么。莫非，他从来到这个世界的那一刻起，就注定是漂泊无依的吗？

是的，少年的他，一直在人世间漂泊，从仙州到衢州，到句容，到晋州，到王屋山，到嵩山，到洛阳，到长安，走到哪里，哪里就是他的家，何曾有过片刻的安顿？父亲生前，他跟随父亲漂泊，父亲死后，他跟随母亲漂泊，"漂泊"二字几乎已成了他人生的底色，问苍茫大地，何处才是他那颗寂寞彷徨了许久的心的归宿？

岑参心里很明白，皇帝自登位大宝以来，就对岑氏一族心存芥蒂，所以，纵使他有魏征、房玄龄之才，想必唐玄宗也不愿意重用他，又何必把时间都浪费在这些无用功上呢？

开元二十九年（741 年），王昌龄南下江宁后没多久，岑参就来了一次说走就走的旅行，几乎逛遍了大唐的半壁江山，把科举考试和功名利禄的事，都抛到九霄云外去了。人生中最重要的事并不是光宗耀祖，而是随顺自己的心意，逐月，追花，看山，戏水，何乐不为之？如果说人生就是一场漂泊的追逐，那就让他再来一次痛痛快快的漂泊之旅吧！

说走我就走

24 岁，正是人生的黄金时期，岑参却无意于浪迹在皇城根下追逐名利，而是背上行囊，独自一人踏上了追梦之旅。

这一路上，岑参游览了很多过去不曾目睹的大好河山，这让他对大唐的风土人情更添了无限的好感与亲切之情。

今朝有酒今朝醉，今夕有花今夕采，回到长安后没多久，岑参又继续把自己放逐在旅途的路上，去了很多从前没有去过的地方，见到了很多有趣的人，遇到了很多有趣的事，喝了很多的酒，写了很多的诗，唱了很多的歌，对人生的得失也就看得更开了。

然而，随着岁月的流逝，他也慢慢体会到了身上的责任和应尽的义务，明白了人活一世并非只是为了自己活的道理。于是，他又把冶游的心思逐渐放了下来，重新埋首于故纸堆里，认认真真地读书、写文章。

唐玄宗天宝三年（744年），经过几年持之以恒的努力后，岑参终以第二名的优异成绩高中进士。

唐代的科举考试，靠的不仅仅是个人的才华与学识，更多的时候拼的是关系。王维和李白堪称当时文坛的两面旗帜，他们能够步入仕途、名重天下，靠的是玉真公主的引荐。为了顺利拿下当年的状元，诗佛王维曾经穿过优伶的衣服，夹杂在一堆乐工中，给玉真公主演奏过琵琶曲；诗仙李白曾为了讨好玉真公主，耗费了大量神思和心力写干谒诗。

古往今来，那些谈笑之间便轻松获取成功的人，看起来不费吹灰之力，其实在背地里都做足了功夫。只可惜，等到岑参出道的时候，玉真公主早已不再过问朝堂之事，雄才大略的玄宗皇帝也早就沉溺于温柔乡之中。此时此刻，岑参能做的，唯有拼才华。但是，要在数以万计的才子中脱颖而出，光凭才华则是不够的。所以，岑参根本没有把科举考试放在心上，一心只想做个随波逐流的世外之人。可偏偏就在这当口上，让他始料不及的事情还是发生了，没有权贵提携，没有高官推举，更没有皇恩加持，他愣是当上了榜眼，真是有心栽花花不开，无心插柳柳成荫。没办法，天注定他是要步入仕途，继承宗族衣钵的。

考中了进士，就意味着一条腿已经迈进官场了，吏部选试合格后，就能正式踏入仕途。没想到，迈开另外一条腿，岑参花了三年。

漫长的守选期，说明皇帝和掌握权势的达官贵人们，并没有把岑参放在眼里，纵使他才高八斗，对高居朝堂之上的那些人来说，依然只是个无足轻重的角色。岑参明白，玄宗皇帝始终没有放下心中的芥蒂，对岑氏族人表现出了强烈的不信任，在这样的境况下，岑参所能做的，也只有按部就班地等待了。然而，这一等就是三年。岑参心想，好饭不怕晚，等就等吧，兴许这就是上天最好的安排呢？

天宝六年（747年），经历了三年守选之期的岑参，终于等来了朝廷给他安排的官职，右内率府兵曹参军。右内率府主要负责东宫的仪仗和警卫等事宜，兵曹参军要做的事就是写写材料、管管兵器，是一个从八品下的小官，也就相当于今天的仓库保管员，这让已经年近三旬的岑参情何以堪？

寒窗苦读十五载，又辛苦奔波了十年，最后却得到这么个卑微的官职，岑参的心情自然是五味杂陈。早知道是这么个结果，说什么他也不会听从两个哥哥的安排，终日奔走在两京之间，今天去拜见这个高官，明天去拜访那个贵族，还不如老老实实地待在嵩山观云听风，继续当他的隐士呢！

初授官题高冠草堂

三十始一命，宦情多欲阑。
自怜无旧业，不敢耻微官。
涧水吞樵路，山花醉药栏。
只缘五斗米，辜负一渔竿。

在《初授官题高冠草堂》这首诗里，我们可以很清晰地看到，岑参一点也没有"春风得意马蹄疾，一日看尽长安花"的喜悦之情，反而无奈地道出了自己不满的情绪与愤懑不平的感受。

说真的，要不是为了那五斗米，他又岂能辜负了嵩山的月光，非要跑到红尘里蹚浑水呢？路是自己走的，前程是自己选的，都到这个时候了，还能怪怨谁呢？要怪也只能怪他自己，若是当初立场坚定，任由两个哥哥怎么劝说，他都安然不动，做一个逍遥又快乐的渔樵，又哪里会凭空添出这许多的烦恼来？

既来之，则安之。很快，收拾好情绪的岑参，就在右率内府兵曹参军的职位上混得如鱼得水了，尽管官阶不高，人微言轻，无法一展宏图，但幸运的是，他结识了很多文人雅士，而其中最重要的人物，便是大书法家颜真卿。

颜真卿比岑参年长9岁，也算是岑参的老大哥了。颜真卿和岑参一样出自名门，不过他的仕途却要比岑参顺遂得多，岑参刚结识他时，他便已经是监察御史了，妥妥的栋梁之材。

岑参喜欢喝酒，颜真卿也喜欢喝酒；岑参喜欢四处溜达，颜真卿也喜欢四处溜达；岑参喜欢写诗，颜真卿却写得没有岑参好。所以，颜真卿对这个小弟是打心眼里儿佩服的，有什么好事都会想着他，就连出京巡查河西、陇右之际，都不忘提携岑参一番。

天宝七年（748年）八月，颜真卿以监察御史的身份，被任命为河西陇右军试覆屯交兵使，即将出城西行之际，岑参在长安作《胡笳歌送颜真卿使赴河陇》以送，二人惺惺相惜，离别的酒喝了一壶又一壶，伤感的歌唱了一曲又一曲，自是难舍又难分。

送君千里，终须一别。尽管彼此都不舍别离，但皇命在身，颜真卿不得不走，岑参也不得不放他走。这一幕像极了多年前岑参在长安送王昌龄南下的情景，一样的伤别离，一样的惆怅，一样的无奈，一样的忧伤。

临别前，颜真卿许诺，要将岑参介绍给右威卫大将军高仙芝，假若有了高仙芝的提携，岑参也就能施展抱负了。岑参早就听说过高仙芝将军的大名，可惜将军一直驻扎在遥远的安西都护府，他根本无缘得见。所以颜真卿的话音甫一落下，他甚至都怀疑是不是自己的耳朵出了问题听错了。

他没有听错，颜真卿就是这么打算的。颜真卿深知，作为岑羲一族的旁支，岑参想要在玄宗皇帝的眼皮子底下逐步升迁，简直难于上青天，唯一能让他脱颖而出的机会，就是走捷径，走高仙芝的门路，出塞参军，假以时日，一旦建立了军功，皇帝和朝中那帮趋炎附势的大臣都会对他另眼相看。

要他出塞到遥远的安西，去给高仙芝当幕僚做武官？岑

● 明·沈周《京江送别图》（局部）

参怎么也没想到，颜真卿给他规划的人生道路竟然是去西域参军，这对饱读诗书的儒家子弟来说，听上去着实有些离经叛道。

安西比之河西、陇右，更加遥远和荒凉，而且当地居民的风俗和语言都大异于中原地区，他真的能够放下现有的一切，到那个陌生的地方开启他的梦想吗？颜真卿说的没错，在长安，即便他做得再好，也不会得到皇帝的青睐，还不如另辟蹊径，没准真的就能蹚出一条路来呢！

人生贵在坚持，更贵在放弃。班超要不是投笔从戎，远赴西域，一辈子就是个默默无闻的誊写员，又怎么会成为人们交口赞颂的英雄豪杰？君子不器，只要能建功立业，又何必拘泥于在朝中做官还是远赴沙场参军呢？

三百六十行，行行出状元，既然在长安找不到更好的出路，那就听从颜真卿的建议，到西域去吧！眼下，岑参要做的，就是在长安耐心等待颜真卿的好消息！

功名只向马上取

年少的时候，岑参一心想要成为求仲那样的隐士；长大成人后，他又想做一个为民造福的好官。但他万万没想到，自己竟然会通过出塞参军来达到自己的人生目标。

若不是走投无路，有哪个文职官员愿意去安西那么个荒凉的地方就职？岑参当然明白颜真卿的良苦用心，更明白自己的尴尬处境。或许，这是他唯一可以把理想变为现实的机会了，既然如此，那就死马当活马医吧！

幸运的是，老天爷并没有让他等得太久。就在颜真卿走后的第二年，右威卫大将军高仙芝入朝，岑参终于在长安见到了他心目中的大英雄，心情自是激动得难以自抑。

早在途经河西的时候，高仙芝就从颜真卿那里听说了岑参的大名，且对他写给颜真卿的送别诗很是欣赏，决定要把岑参这个大才子收归麾下。

及至在长安见面后，双方一拍即合，高仙芝立马向朝廷上表，要求把岑参带在自己身边，朝廷也很给高仙芝面子，马上就下旨改任岑参为右威卫录事参军，同意让岑参跟着高仙芝一起出塞。

朝廷和皇帝对岑参的不重视，却让他的人生在无意中打开了另一扇大门。既然偌大的长安城都容不下他，那就让他到广袤的西域大地去盛放他的豪情壮志！与其庸庸碌碌地在长安城过一辈子，还不如去安西实现他远大的理想与抱负，即便明知前方的道路依然充满了无数个未知，但也好过在不待见他的皇帝的眼皮子底下浑浑噩噩地度过一生！

就这样，岑参跟着高仙芝一路向西，去了安西，从右内率府兵曹参军，摇身一变，成了高仙芝幕府的掌书记。唐朝的安西都护府驻扎在龟兹，距长安何止万里之遥，但西去的路上，尽管沙尘蔽天，岑参的心里流淌出的却是无限的知足与憧憬。

"功名只向马上取，真是英雄一丈夫。"在唐玄宗开元、天宝年间，出塞从军是有志青年建功立业的重要途径，岑参自然早就意识到了这一点，所以，即便年迈的母亲和年轻的妻子都不太支持他去西域参军，但他依然义无反顾地选择跟随高仙芝。

逢入京使

故园东望路漫漫，双袖龙钟泪不干。
马上相逢无纸笔，凭君传语报平安。

西去的途中，他遇见了从安西前往中原的入京使。想起远在家乡的老母和妻子，岑参终于忍不住涕泪交流，只能一声声嘱托对方，替他给家人报个平安。

投笔从戎，是他万不得已下所做的选择，试问，如果继续留在长安，继续做着右率内府兵曹参军的卑微职务，他这辈子又能有什么指望呢？

掌书记，是军中负责藩镇与中央沟通的文职僚佐，要求会写奏章和檄文，这对于才华横溢的岑参来说，自然是不在话下。别看掌书记一职也不是什么大官，但日后大概率会升为节度副使、节度判官甚至是节度使。如果不出意外的话，岑参很有可能会通过这次参军的机会，获取一定的政治资本，得到升迁，从而引起朝廷和皇帝对他的关注。所以，刚刚走出长安城，奔赴安西和未来的岑参，对这次的安排还是相当满意的。

然而，第一次出塞的经历，并没有他想象中的那般瑰丽美好，当真正见识到一望无垠的大漠和四处都飞沙走石的凄凉景象后，岑参所感受到的却只有无尽的孤独与绝望。去西域前，他满脑子都是西域瑰丽的风情和神奇的传说，可一旦置身于

西域的土地上，所有的美好都在瞬息之间变作了种种的无奈
与纠结。

日没贺延碛作

沙上见日出，沙上见日没。
悔向万里来，功名是何物！

开弓没有回头箭，即便抬头不见天日，满嘴都是干涩的黄
沙，即便肠子都悔青了，他也只能伫立在漫天的风沙里，一边
望着身下的坐骑，一边无语凝噎。

月亮圆了又缺，缺了又圆，一转眼，离开家乡已经很久很
久了，久远得他都已经记不清故乡的月亮是什么模样了。

望着头顶上那轮明晃晃的月亮，岑参开始想家了，回忆着
母亲和妻子的容颜，他甚至不明白自己为什么要自讨苦吃，跟
着高仙芝到安西来当什么掌书记，难道投笔从戎就能彻底改变
他的命运吗？

都是参军的官职，怎见得在安西他就能建功立业了？或许，
一切都只是他的痴心妄想，又或许，一切都只是他一个人的痴
人说梦。莫非，在边塞过着风餐露宿的日子，每天都吞咽着满
嘴的黄沙，皇帝就能抬举他，就能高看他一眼了？

很显然，这只是他一厢情愿的想法，也是颜真卿一厢情愿
的想法，但既然来了，便没有了回头之路，还不如入乡随俗，
一门心思地做好他的本职工作。

大多数的唐代诗人，都仿佛一叶叶漂泊的孤舟，在时代的

浪潮里载浮载沉。有人迷于困顿，有人惑于失意，有人倒于构陷，有人陷入深度的自怜自艾，他们燃尽了理想的春梦，最终化为灰烬，但岑参却无疑是个例外。

时常想家，风餐露宿，听不懂当地方言，吃不惯他乡食物，气候恶劣，这些都不是他面对的最大难题，最难的便是时刻都要保持一颗安之若素的心。在经历了初期的种种困顿和磨砺之后，岑参很快就调整好了自己的心态，开始跟在同僚们后面学习如何做好一个守边的将士。渐渐地，他便就和胡人们打成一片了。

诚然，西域的边塞生活，和繁华的长安比起来，还是有着显著的区别的。但是，这条路是他自己选的，再苦再累，他也必须咬紧牙关坚持到底。

为了建功立业，为了让皇帝对他另眼相看，为了有朝一日能够成为曾祖父那样声名显赫的能臣，岑参才来到了安西。只可惜，高仙芝并没有重用他。穿梭在黄沙漫天的边城里，每天不是写写檄文，就是写写奏章，跟无所事事也没什么区别，岑参觉得再这么下去的话，不仅建功立业的愿望无从谈起，他纵横的才情也终将被消磨殆尽，这让他对未来充满了不确定感，更让他心生惶惑。

无数个夜不能寐的日子里，岑参总是在问着自己同一个问题，那就是跟随高仙芝到安西当这个掌书记，到底是对还是错。说实话，在掌书记这个位置上，他看不到任何的希望，而让他更加感到绝望的是，他跟高仙芝相处得并不是那么融洽。高仙芝的很多决策，他要么看不上眼，要么持相反的意见。渐渐地，这对曾经惺惺相惜的上下级，产生了很多的龃龉。

　　天宝九年（750 年），也就是岑参来到安西的第二年，高仙芝进攻依附吐蕃的揭师国，俘虏了揭师王，使唐王朝在对吐蕃的战争中取得了全面胜利，同时高仙芝也为自己赢得了极大的声誉，被吐蕃和大食誉为"山地之王"。

　　高仙芝虽然取得了巨大的成就，但他最大的弱点就是贪婪，而这个弱点在他处理与其他国家的关系时暴露无遗。

　　地处中亚的石国农业发达，百姓善于经商，富甲一方。高仙芝因垂涎石国的财富，想要掠为己有，便于打败揭师国后，诬陷石国国王"无蕃臣礼"，径自领兵前去讨伐。其实，石国与唐朝的关系一直都是不错的，石国国王对唐朝的态度也是比较恭顺和真诚的，所以这一战，高仙芝从道义上就没能占据制高点，而作为幕府掌书记的岑参，开始对其为人产生不同的看法，也就不难理解了。

　　其时，石国在位的国王是那俱车鼻施，自他继位之后，因对唐朝表示出了绝对的忠诚，曾被唐玄宗册封为怀化王，并赐予优待和免罪的证明——铁券，所以当高仙芝率军赶到城外之际，那俱车鼻施爽快地同意了高仙芝的约和。哪知道高仙芝先是假意派人与石国约和，然后又乘其不备出兵掩袭，且不由分说地俘虏了石国国王及其部众，紧接着又纵兵大肆杀掠，甚至连老弱病残都不肯放过，这让为他草拟檄文和战报的岑参在感到万分震惊的同时，更对高仙芝的人品表现出了极度的不屑与鄙视。

　　这次行动，高仙芝获得了石国不少的财富。从表面上看，高仙芝是取得了绝对的胜利，但从道义上来说，却赢得一点也不光明磊落，不仅失去了西域各国的民心，也让对他死心塌地的部众们对他的人品产生了质疑，从而为之后的悲惨结局埋下了伏笔。

　　无独有偶，从石国回军的途中，被胜利冲昏了头脑的高仙芝，居然又诬蔑突骑施部落反叛大唐，强行攻打了突骑施，并俘虏了其国君移拨可汗。与石国一样，突骑施也是当时西域各国中与唐朝关系最为亲密的国家之一，而高仙芝这一系列的组合拳，不仅打懵了这两个平素与大唐友善的国家，更伤了当地老百姓的心，很快就引起了民众的激烈反抗与强烈的抵触情绪。

　　遗憾的是，高仙芝不仅没有意识到自己的错误，反而对反抗者进行了屠杀镇压，仅在石国一战中，就杀害了大批的当地老百姓，而且把屠戮的对象延伸到了在石国经商的昭武九姓的胡商，所以在他还朝述职时，便又自吹自擂地给自己加上了一项"破九国胡"的赫赫功绩。

　　高仙芝的贪婪、残忍、不讲信义、好大喜功、刚愎自用，无一不令岑参感到不耻与不屑。

　　天宝十年（751年），高仙芝入朝，献其所俘获的突骑施可汗、吐蕃酋长、石国国王、竭师国王。那俱车鼻施行至长安西北的开远门之际，被唐玄宗下令杀死，同时，移拨可汗也毫无悬念地被处斩了。

　　唐玄宗以高仙芝功勋卓著，加授其开府仪同三司。但没过多长时间，玄宗皇帝还是凭着过人的智慧，识破了高仙芝西征过程中的所有伎俩，然而，出于对全局的考量，他并没有治高仙芝的罪，而是改授其为武威太守兼河西节度使，欲将高仙芝调离西域，但是此令并未能成行，遂又改任其为右羽林大将军。

此时的高仙芝，春风得意，好不威风，已然达到了个人征战生涯的最高峰。而那边厢，侥幸逃脱的石国王子却远赴大食求救，高仙芝得到风声后，决定先发制人，立即从长安出发返回安西，率三万大军主动进攻大食，深入大食国境七百余里，最后在怛罗斯城与大食军队遭遇。

这一战，高仙芝大败，幸亏右威卫将军李嗣业为他杀开一条血路，才得以逃脱。这次战役，史书记载"士卒死亡略尽，所余才千余人"，成为高仙芝人生中的一大污点。怛罗斯之战后，高仙芝顺理成章地被解除了安西四镇节度使之职，但唐玄宗并未处置他，而是召其入京改任为右金吾大将军，仍然位极人臣，贵不可言。

与此同时，已与高仙芝产生嫌隙的岑参，在获悉高仙芝被改授武威太守、河西节度使之后，便从安西出发，一路抵达武威。高仙芝率兵万里奔袭，深入大食并与之交战之际，岑参并没有跟随他返回安西，而是选择了暂时留在武威。

武威，也就是凉州。凉州是当时西北地区仅次于长安的大都市，与富甲天下的扬州、益州齐名，岑参曾在此留下的诸多诗作，都极其详尽地反映出了这座西北重镇的气派与风光。

凉州馆中与诸判官夜集

弯弯月出挂城头，城头月出照凉州。
凉州七城十万家，胡人半解弹琵琶。

琵琶一曲肠堪断，风萧萧兮夜漫漫。

河西幕中多故人，故人别来三五春。

花门楼前见秋草，岂能贫贱相看老。

一生大笑能几回，斗酒相逢须醉倒。

送李副使赴碛西官军

火山六月应更热，赤亭道口行人绝。

知君惯度祁连城，岂能愁见轮台月。

脱鞍暂入酒家垆，送君万里西击胡。

功名只向马上取，真是英雄一丈夫。

　　此时的岑参已经离开家乡整整两年了，早就习惯了西部地区贫瘠而又艰苦的生活，待到了凉州这样的大都市，眼见得离长安越来越近了，心情自然也跟着好了许多。

　　高仙芝兵败还朝后，岑参便即从武威起身东归，于六月抵达临洮，大约在初秋时节才返回已然阔别了两年之久的长安。

　　然而，长安的生活也不见得就好到哪里去，尽管已经整整离开了两年时间，但朝堂之中的各种排挤、倾轧、猜忌，依然在不间断地上演着，像岑参这样刚从西域回来的下僚，就更得事事小心谨慎。这样一来，他内心积压已久的压抑与苦闷，便又被迅速地勾了出来。

　　此后，岑参一直赋闲在长安。在此期间，他与颜真卿、杜甫、高适、储光羲、薛据等人多有交集，三天两头地，不是聚在一处饮酒，就是一起结伴游山玩水，日子倒也过得潇洒惬意。

在长安沉寂了一年之久后，天宝十一年（752年）秋天，岑参与高适、薛据、杜甫、储光羲结伴同登慈恩寺塔，吟诗作赋，饮酒寻欢，好不惬意，一时传为美谈。

高适长岑参14岁，14年前就写出了名动天下的边塞诗《燕歌行》。岑参第一次出塞，写边塞诗也只是小试牛刀，直到他第二次出塞，写出《白雪歌送武判官归京》等杰出诗篇，才达到与高适齐名的高度。

杜甫年长岑参6岁，此时已困守长安多年。前一年，杜甫向朝廷三大典礼献赋，得到唐玄宗赏识，命其待制在集贤院，等候分配。

高适、薛据登塔后，各写了一首同名诗《同诸公登慈恩寺塔》，岑参、杜甫、储光羲相与酬和，成为当年文坛中的一大盛事。杜甫写慈恩寺塔，有名句"君看随阳雁，各有稻粱谋"，画面感中自带想象，以雁比人，暗喻鸿鹄之志。然而，画风到了岑参这儿却陡地变了，他不仅想象奇绝，语意新奇，而且气势横出，奔腾如涛，若不是署着岑参的大名，说是李白写的也会有人相信。

在这次诗歌对决中，岑参毫无悬念地赢了，一时声名鹊起，成为当时最受士人追捧的诗家才子。

次年春季，岑参的老大哥颜真卿出为平原郡太守，作为小弟，岑参作了一首《送颜平原》相送，字里行间无不洋溢着他对颜真卿的仰慕与崇敬之情。

我们知道，如果不是颜真卿给他机会，让他有幸结识高仙芝，从而前往西域，岑参也就不能成其为岑参。尽管对高仙芝的很多做法，岑参都不敢苟同，甚至对其为人感到不耻，但他与颜真卿的兄弟感情却没有受到任何影响，终其一生，颜真卿都是他最为尊重的师友。

为西域而生

天宝十三年（754 年），机会再一次降临，已回到长安赋闲三年之久的岑参，再次出塞踏入西北大漠，以监察御史的身份，赴北庭任安西北庭节度判官。

第二次出塞，岑参的见识和经验，都要比以前增长了不少，而尤为重要的是，这一次，他遇到了一位特别赏识自己的好上司——北庭都护、伊西节度使封常清，有了可以施展自己抱负的机会，不久便因功升迁为伊西北庭支度副使。

同年五月，封常清出师西征，岑参留在后方。冬天，封常清凯旋时，岑参作《献封大夫破播仙凯歌六首》以献，不仅歌颂了封常清的丰功伟绩，也表达了他对封常清的无限赞美之情。

岑参和封常清是老相识了，早在他于高仙芝幕府任掌书记的时候，封常清就是安西都护府的一员猛将。他俩志趣相投，惺惺相惜，所以，第二次出塞，这对上下级不仅在政事军务上配合得天衣无缝，而且相处得极为愉悦。和与高仙芝的相处方式不同，岑参在北庭任上写了很多歌颂赞美封常清的诗作，由此亦可证见二人的关系非常融洽和睦。

壮志满满的岑参，在北庭迎来了他创作生涯的巅峰时期，并奠定了其有唐一代"四大边塞诗人"之一的地位。不过，刚到北庭没多久的岑参，也曾因为语言不通，产生过不少的烦恼。

但语言和文字的不通，自然难不倒已有过一次出塞经历的岑参，很快，他就发现了自己惊人的语言天赋，不仅熟练掌握了多种西域方言，而且跟少数民族兄弟热闹地打成了一片，每天不是聚在一起谈笑风生，演奏乐器，就是混在一处，大口吃肉，大口喝酒，快活得忘乎所以。

对岑参来说，有朋友的地方，就不是异乡了。于是，这段时期，在他的诗作里，便出现了一个前所未有的西域。

除了写给封常清的赞诗，他还写下了大量优秀的诗篇，如豪气万丈的《白雪歌送武判官归京》，不仅详尽地描绘了激烈的军旅战斗生活，更记录下了奇丽的边地风物民情。

白雪歌送武判官归京

北风卷地白草折，胡天八月即飞雪。
忽如一夜春风来，千树万树梨花开。
散入珠帘湿罗幕，狐裘不暖锦衾薄。
将军角弓不得控，都护铁衣冷难着。
瀚海阑干百丈冰，愁云惨淡万里凝。
中军置酒饮归客，胡琴琵琶与羌笛。
纷纷暮雪下辕门，风掣红旗冻不翻。
轮台东门送君去，去时雪满天山路。
山回路转不见君，雪上空留马行处。

胡旋舞，优钵罗花，八月飞雪，人间能有几回见？在岑参眼里，北庭的一切都是美的，当然，最美的还是他舒畅的心情。

岑参诗最为显著的特点，就是瑰丽奇特的想象和浪漫逼真的画面感，加之鲜活的细节描写，而《白雪歌送武判官归京》诗，则是他笔下最为杰出的代表作之一。

一夜北风起，白草经霜折断，八月漫天飞雪，对中原人来说，怎么不够新奇？干枯的枝丫在一夜间覆上了白雪，如同千树万树梨花瞬间盛放，是何等的绮丽，何等的浪漫！

送君千里，终须一别。岑参送了一程又一程，一直送到轮台东门（今新疆维吾尔自治区乌鲁木齐市南郊乌拉泊水库附近），才停了下来。他就站在那里默默望着武判官的背影，一直等到武判官的身影彻底消失在山道的转弯处，雪地上只留下一排马蹄印时，才缓缓转身而去。

在西域，岑参前后总共待了六年时间，足迹遍布安西、北庭，身体力行地描绘出了大唐西域的瑰丽图卷。岑参身后留下的诗作共有400多首，而关于边塞的诗篇则有70余首。可以说，既是西域成就了岑参，也是岑参成就了西域。

高适的西域，是"战士军前半死生，美人帐下犹歌舞"，充满了政治意味的凝重；王维的西域，是"大漠孤烟直，长河落日圆"的壮美辽阔；而岑参的西域，则兼具了"忽如一夜春风来，千树万树梨花开"的绮丽，和"马毛带雪汗气蒸，五花连钱旋作冰"的热气腾腾的真实。

岑参注定是为西域而生，也注定要在西域发光。与其他诗人所写的边塞诗相比，他诗歌的另一个特点，就在于真实。在他的诗中，出现了很多真实的西域地名，正如文史学家郑振铎所说："唐诗人咏边塞诗颇多，皆类捕风捉影。他却自句句从体验中来，从阅历里出。"

是的，岑参的边塞诗，都取材于其真实的生活经历，以及他个人独特的情感体验，而这一切，还有出土的历史文物可以作为佐证。在新疆吐鲁番阿斯塔那古墓群中，考古学家曾在506号墓室，发掘出一具用唐代文书糊成的纸棺，而这些文书，大多都是753年到755年驿站供应马料的账目。其中有一张是岑参的马在驿站消费的账单，上面详细地记载道："岑判官马柒匹共食青麦叁斗伍升，付健儿陈金。"

意思就是说，岑判官等人的七匹马在这里用了马料，最后把马料钱付给了驿卒陈金。在此期间，活动于安西北庭的朝廷官员中，姓岑的只有岑参一人，而其判官的身份，也与岑参第二次出塞时的历史记载相吻合。

然而，让人遗憾的是，无论是身陷"北风卷地白草折""瀚海阑干百丈冰"的艰辛，还是承受"一身虏云外，万里朝天西"的孤独，都不曾为岑参换来理想的荣光。不久之后，就在他写出"忽如一夜春风来，千树万树梨花开"的佳句之际，深受玄宗信任的安禄山突然发动叛乱，唐朝由兴盛迅速转衰落，而岑参一心想要追随封常清建功立业的心愿也彻底落空了。

天宝十四年（755年）冬，封常清入朝，向唐玄宗自请御贼，唐玄宗遂改任他为范阳、平卢节度使，命其率兵攻打安禄山的叛军。

封常清虽然骁勇善战，但士兵们却未经操练便仓促应敌，因而很快便节节败退。次年初，唐玄宗因听信监军边令诚的谗言，下令将封常清与高仙芝同时斩杀。

此时依然远在北庭戍边的岑参怎么也没想到，他最后等来的不是封常清的捷报，而是上司遭受无妄之灾的噩耗。封常清和高仙芝都对自己有着知遇之恩，却被无端地杀害，岑参的心情自然非常沉重。

至德二年（757 年）春，岑参随安西、北庭大军东归。路过酒泉时，他含泪写下了《酒泉太守席上醉后作》，表达了国破家亡、壮志难酬的沉痛心情。

酒泉太守席上醉后作

酒泉太守能剑舞，高堂置酒夜击鼓。
胡笳一曲断人肠，座上相看泪如雨。

琵琶长笛曲相和，羌儿胡雏齐唱歌。
浑炙犁牛烹野驼，交河美酒归叵罗。
三更醉后军中寝，无奈秦山归梦何！

亲友离散，征途漫漫，国家陷于危机当中，将来谁又能成为自己的知己和靠山？面对如此窘迫的境地，已经 40 岁的岑参，终于在酒泉太守的宴席上忍不住泪雨滂沱。

因其时唐肃宗身在凤翔行在，岑参遂自酒泉一路赶往凤翔。很快，在裴荐、孟昌浩、魏齐聃、杜甫和韦少游五人的举荐下，岑参被唐肃宗任命为七品的右补阙，不久，便扈从唐肃宗回到长安。

两年后，岑参又升为从六品上的起居舍人，负责记录皇帝的日常行动和国家大事，算是其政治生涯的巅峰了。可惜好景不长，担任起居舍人月余后，因多次上谏书，得罪了不少权贵，岑参又被迁为虢州长史，虽是五品的官职，但他却感觉遭到了贬谪。

唐代宗继位后，岑参先后出任过太子中允、殿中侍御史、关西节度判官、考功员外郎、虞部郎中、库部郎中等官职，还曾跟随天下兵马大元帅雍王李适一起，前往陕州讨伐过史朝义。

永泰元年（765年）十一月，岑参被任命为正四品下的嘉州刺史。岑参本以为到了嘉州，就可以一展宏图了，却没想到，在这个职位上，要他去做的竟然是催粮催租的工作。这一下，他彻底懵了。

一年后，岑参罢官辞职，回家的心思一日比一日迫切，却不意又在途中赶上了盗贼作乱，道路断绝，只能先由陆路暂时北归成都。战乱频仍，岑参一路上颠沛流离，身体状况一天不如一天，很快便病倒了。

唐代宗大历四年（769年）秋冬之际，岑参病逝在成都旅舍，享年52岁。他生在最强大的盛唐，见过最繁华的西域，结交过最伟大的诗人，写下过最好的边塞诗，那一首首脍炙人口的经典篇章，注定会永远流传于后世。

● 唐·韩干《十六神骏图》（局部）

白居易

相思到死思方尽

　　王维、李白、杜甫相继去世后，白居易出生了。大唐诗坛领跑的接力棒，便交到了这位神童的手里。

　　白居易以出色的表现完成了自己的使命。在世的时候，他的文名妇孺皆知，文集流传天下，深受欢迎，声名远播海外，名列唐诗四大家。75 岁时，他安然去世，在古代堪称高寿。他逝世之后，连皇帝都写诗悼念，备极哀荣，处境比死于漂泊途中的李白、不得志的王维不知好了多少倍。

　　在唐诗四大家中，李白号称"诗仙"，杜甫号称"诗圣"，王维号称"诗佛"，而白居易则号称"诗王"。从这几个名字便可以看出，李白的诗歌仙气飘飘，杜甫的诗歌忧国忧民，王维的诗歌远离尘世，富有禅意，而白居易的诗歌则非常接地气，广为流传。

　　那么，我们就来看看，一代诗王是怎么炼成的吧。

有一种人生叫乐天

唐代宗大历七年（772 年），白居易出生在河南新郑。父亲白季庚替他起名居易，字乐天，希望他一生快乐无忧。

白居易自称是战国名将白起的后代，虽然这种说法不足为据，但白家确实也是妥妥的官宦世家，所以他打小就受到了良好的教育。母亲陈氏更是时刻勉励他心怀天下，让他在很小的年纪就树立了"志在兼济，行在独善"的人生志向。

在父母长辈的熏陶下，天赋异禀的白居易 5 岁便能够出口成章，写得一手好诗，9 岁的时候就已经成了方圆百里鼎鼎有名的小才子。

如果照这个趋势发展下去，白居易定然会步上仕途，但遗憾的是，他还没来得及出人头地，家乡就因为连年战争变得民不聊生。无奈之下，他只好跟随母亲东躲西藏，终日惶惶不安，学业也被耽搁了。

唐德宗建中元年（780 年），白居易的父亲白季庚授徐州彭城县令，一年后，因与徐州刺史李洧坚守徐州有功，升任徐州别驾。也就在这个时候，为躲避战乱，陈氏带着白居易兄弟来到了徐州，把家安顿在了徐州附近的符离。

自 11 岁到来，直至 28 岁离开，白居易在符离前后生活了 17 年之久，在这里度过了自己无忧无虑的少年时光。他聪颖过人，学什么都过目不忘，迁居符离后，很快便把之前因战乱落下的功课补了回来，成为符离当地的知名才子。

据说，他读书十分用心刻苦，到了口舌生疮、手肘长茧的程度，就连头发都变得花白了。可即便如此，他也丝毫不敢耽误学业，因为他从小就被母亲教导，长大后要做一个兼济天下的好官。为了达到这个目标，他自然不肯偷懒取巧，更不会轻言放弃。

功夫不负有心人，十多岁的时候，他写出了脍炙人口的《赋得古原草送别》。此诗一出，天下惊艳，大唐诗坛为之一震，"白居易"这三个字，也由此成了唐诗中无法忽略的名字。

赋得古原草送别

离离原上草，一岁一枯荣。

野火烧不尽，春风吹又生。

远芳侵古道，晴翠接荒城。

又送王孙去，萋萋满别情。

白居易志得意满，带着这首诗前往都城长安，敲开了当时最为著名的大诗人顾况的府门。

唐人将顾况视作李白和杜甫的衣钵传人，是天下学子争相拜谒的文坛巨擘，名重一时。如果能得到他的点拨与赞誉，对自己的前程自然大有裨益。于是，初生牛犊不怕虎的白居易，便这样找到了顾况。

白居易毕恭毕敬地向他的偶像顾况进呈了一册诗稿，叩求指教。没想到顾况刚接过他递上来的诗稿，看到封面上"白居易"的署名时，就望向他笑着说："现在的长安米价很贵，要在这里居住可并不容易啊！"一时间搞得白居易尴尬异常，竟不知道该说些什么才好。

幸运的是，当顾况慢慢打开诗稿，读到《赋得古原草送别》之际，刚刚还带着些调侃意味的他，忍不住拍案叫绝："这首诗意境独特，真是写得太好了！你用生命力顽强的野草来衬托送别的情意，言简意赅，意味深长，真看不出是一个少年写的。小小年纪就能写出这么好的诗句，说明你很有才华，日后居天下都不成问题，想要在长安居住就更加容易了。"

一首诗，便折服了当世的文坛领袖顾况，这足以让初出茅庐的白居易骄傲和自豪，但白居易谦虚得很，并未表现出一丝一毫的自满。这更让顾况对他另眼相看，便把这个小才子介绍给了长安城里的达官贵人。

因为顾况的推举，白居易的才名很快就传遍了整个长安。据传，他还因为《赋得古原草送别》一诗，在酷热难当的夏季，免费得到了一筐只有贵族才买得起的冰块。

然而，就在顾况和京城的文人士子把这个少年捧上天的时候，白居易却毅然决然地选择了离开京师这个名利场，回到了符离，关起门来埋头苦读，准备考取功名。

凭着过人的天资和不懈的努力，白居易在 29 岁的时候再次来到长安，参加了当年的科举考试，最终以第四名的成绩进士及第。

有唐一代，想要考中进士非常不易。白居易参加科举的那年，总共有三千多人参加考试，而最后上榜的却只有区区 17 个人。这足以说明那是一场百里挑一的"大决战"。而且，白居易还是那年进士中年纪最小的一个。他的得意之情自是溢于言表。所以，在参加完于曲江畔举行的樱桃宴后，他便在慈恩寺大雁塔的石砖上题写下了"慈恩塔下题名处，十七人中最少年"的诗句，一时传为美谈。

此时，距离他第一次来长安，已经整整过去了13年，当年备受顾况青睐的少年才子，已然蜕变成了一个名动天下的大才子，这让他在受宠若惊之余，更感受到身上背负的兼济天下的重任。

在长安，白居易结识了元稹、李绅、韩愈、柳宗元、刘禹锡等一批志同道合的朋友，并与元稹共同发起了"新乐府运动"，写下了大量针砭时政、反映民间疾苦的叙事诗，如《卖炭翁》《观刈麦》《寄唐生》等。

白居易认为，诗歌创作不能脱离现实，必须取材于现实生活，反映一个时代的社会政治状况。在写给元稹的《与元九书》中，他提出了著名的"文章合为时而著，歌诗合为事而作"的现实主义创作原则。

35岁那年，他写下了长篇叙事诗《长恨歌》，借歌颂唐明皇与杨贵妃的凄美爱情，为自己与初恋情人湘灵爱而不能聚首的遗憾结局，找到了一个宣泄的出口。没想到，这首诗风靡一时，就连当朝皇帝都成了他的忠实粉丝，这着实让他有些始料不及。

据说，唐宪宗喜欢捧着《长恨歌》翻来覆去地诵读。唐穆宗对他的诗更是爱不释手，唐宣宗则干脆为他写出了"浮云不系名居易，造化无为字乐天"的诗句，以表达对他的景仰之情。

不仅大唐的皇帝喜欢读他的诗，以他为荣，与他同时代的日本嵯峨天皇，也对他的文笔和才识佩服得五体投地。从大唐流传到日本的白氏诗文，嵯峨天皇会把它们当成宝贝珍藏起来，有事没事就拿出来吟诵一番。

自打《长恨歌》问世后，白居易的名气变得越来越大，向他求赐墨宝的人也变得越来越多。有个叫作葛清的超级"粉丝"，崇拜他到了肝脑涂地的程度，竟然把自己最爱的三十多首白居易诗纹在了脖子下面。由此可见，当时的白居易有多受老百姓的追捧与欢迎。

不到 40 岁的白居易，已经走上了人生的巅峰。

如果此时的白居易，按部就班地写写文章、作作诗，在官场上做一个好好先生的话，那么他的人生完全可以像白季庚所希冀的那样"乐天知命故不忧"，可他偏偏心怀兼济天下的壮志，并由此得罪了权宦，从此半生飘零。

"安史之乱"后，藩镇割据势力越来越强，已经不再把天子放在眼里。元和九年（814 年），唐宪宗决心削平不受朝命的藩镇，并把矛头对准了重镇淮西。淮西节度使吴少阳病逝，其子吴元济图谋继立，朝廷不许。

吴元济便索性发兵侵扰邻境，战火很快便延烧到与蔡州相邻的唐州，直接威胁到朝廷的安危。宪宗接报后震怒，立即下令发兵讨伐。

元和十年（815 年）六月，藩镇势力派刺客在长安街头刺死了力主以武力讨伐叛军的宰相武元衡，刺伤了御史中丞裴度。宪宗就任命裴度为相，主持讨伐事宜。

其时，宦官得势，政治日渐昏暗。满朝文武官员，既惧于藩镇势力，又害怕被掌权的宦官报复，一个个噤若寒蝉，无人敢于发声，只有刚刚结束丁忧的白居易勇敢地站了出来，不仅替枉死的武元衡喊冤，并要求朝廷替武元衡报仇。

白居易的请求很快就得到了朝廷的回应，宪宗皇帝不仅下诏慰问了武元衡的家眷，还要求相关部门必须严查幕后真凶。如此一来，白居易得罪了黑暗势力，他的名字很快就上了权宦吐突承璀的黑名单，成了掌权派的眼中钉，大有不除之不快的架势。

在吐突承璀的授意下，守旧官僚给白居易安上了"越职"罪名，攻击他非议朝政，图谋不轨，紧接着又以其母陈氏因看花坠井而死为由，诬陷其在任盩厔县尉期间所作的《赏花》及《新井》诗为母丧期间所写，给他扣上了一顶"不孝"的帽子。结果，白居易先被贬为江州（今江西九江市）刺史，在赴任的路上又被贬为江州司马。

被贬至江州的这一年，白居易已经 44 岁了。诚然，人生是需要逆境的，对文学家白居易来说，被贬到江州，倒也不完全就是桩坏事，但对长期没吃过苦、遭过罪的白居易来说，则是完完全全的流放与贬谪。那股凄凉悲戚的心境，自是毋庸赘述。

江州在有唐一代算是边远荒僻之地。白居易怎么也没想到，自己会在年逾不惑之际，被流放到这里来。他心有不甘。曾经的知交故友，而今都零落在江湖之中，什么时候才能回归朝堂，在长安城的朱雀大街上把酒叙旧呢？被贬以后，俸禄也比从前少了许多，他甚至养不活家人，只能靠远在通州和他一样穷困潦倒的挚友元稹接济，怎不让他愁绪难平？

可白居易明白，唯有学会安然接受现有的一切，才能真正做到乐天知命。于是，他开始寻求由内而外的改变，不断在大自然中找寻生命的意义，让自己沉浸到山水之乐中，最终造就了一个全新的白居易。谪居江州期间，他深入民间，聆听百姓疾苦，并及时为他们向上级请命，帮助他们解决了很多实际困难。

在贬谪江州的第二年，白居易在浔阳江边遇到了一位身世凄惨的琵琶女，为她写下了千万闻名的长篇叙事诗《琵琶行》。一个失意官员，一个卑微歌姬，在相遇的那一刹，居然产生了强烈的人生共鸣，看似意外，却合情合理。

"同是天涯沦落人，相逢何必曾相识。"江州的经历，不仅催生了流传千古的《琵琶行》，更对白居易的一生都有着特别深远的影响。可以说，他的一生，始于童年发奋，在中年历经种种挫折后，直到晚年才得以踏入顺境。倘若没有这段任职江州司马的经历，他的诗歌成就恐怕也不会达到后来的高度。

在江州任职以后，白居易渐渐收敛起了锋芒，性格变得越来越宽厚、淡泊，对佛教产生了浓厚的兴趣。他不仅频繁出入佛寺，更与佛门中人结下了深厚的情谊。

离开江州后，白居易曾经先后出任过杭州刺史和苏州刺史，与当地的佛门中人往来不绝。再后来，在《白氏长庆集》编纂完毕后，他还特地派人将一部文集送至苏州南禅院保存。由此亦可窥见，白居易与苏州僧人感情之深厚。

接触佛教之后，白居易的诗风也由早期的多愤慨之作，逐渐趋于闲适平和。其浅切平易的语言风格、淡泊悠闲的意绪情调，屡屡为人称道，对后世的影响非常大。

有人说，白居易的一生概括起来，可以分为两个时期，前期是兼济天下，后期则是独善其身。从表面上看，似乎很有些道理，但要仔细推敲起来，似乎又不能简单地把他复杂的一生，归结于这么一句不痛不痒的话。

在贬谪期间，几任皇帝都非常想念他，曾多次召他回京，但白居易已经厌倦了官场上的钩心斗角，多次自请外放，远离朝堂。

离权术越近的人，离危险也就越近，反之亦然。晚年的白居易，无视功名利禄，反而得以善终。大和九年（835年）冬天，宦官发动"甘露之变"，600多名无辜朝臣被杀，而闲散在外的他反倒幸免于难。

很多人都说，与挚友元稹、刘禹锡、柳宗元比起来，白居易不仅没遭受过太多的起落，也没遭遇过太多的坎坷，从出生直至75岁病逝于洛阳，一生算得上是顺遂通达。

其实深究起来，他所经历的各种苦难倒也不少，只是越往后欲望越淡了，曲折的人生也就跟着变得平坦了许多。如果说白居易前半生的乐天，是命运眷顾、上天垂怜，那么他后半生的乐天，就是纵使历经雪雨风霜，内心亦依旧有光。

《长恨歌》背后的故事

《长恨歌》是白居易写的一首长篇叙事诗。据白居易的挚友陈鸿在《长恨歌传》中所述，他与白居易、王质夫三人，于元和元年（806年）十月到仙游寺游玩，偶然间提及唐明皇与杨贵妃的爱情悲剧，大家都很感慨，于是，王质夫请白居易赋一首长诗，同时请陈鸿写一篇传，以为纪念。

二者相辅相成，以传后世，因长诗的最后两句是"天长地

● 唐·赵福《犹图》

久有时尽，此恨绵绵无绝期"，所以他们就称白居易的诗为《长恨歌》，称陈鸿的传为《长恨歌传》。

《长恨歌》是一首抒情成分很浓的叙事诗，白居易糅合了历史和民间传说，用唯美的笔调，生动形象地叙述了唐玄宗与杨贵妃那段凄美动人的爱情悲剧。

看起来，《长恨歌》说的是唐玄宗和杨贵妃的爱情故事，实际上也隐含他对初恋情人湘灵的深切思念，以及对婚姻受到阻挠的无声抗议，再现了现实生活中的"长恨"。

湘灵，姓氏不可考，是白居易的初恋，也是他一生念念不忘的至爱。

白居易11岁时，在徐州符离与7岁的湘灵相识。幼时的湘灵活泼可爱，且精通音律，两个人很快便成了朝夕不离的玩伴。白居易19岁时，情窦初开的两个人相恋了，但因为"门不当户不对"，这段感情从一开始就不被白母陈氏看好，无论白居易怎么哀求、湘灵如何努力，他们也未能成为真正的伴侣，唯余千古遗恨。

虽未能如愿娶得湘灵为妻，可白居易终其一生都没有忘记湘灵，并为其写下大量的情诗。

因为心中始终恋慕着那个得不到的女子，白居易直到36岁都没有婚配，这着实让白母陈氏头疼不已。面对倔强的儿子，陈氏唯一可以采取的手段，就是一哭二闹三上吊。

但不管母亲怎么哭、怎么闹，白居易自始至终本着一个原则——缄口不言。他的心已经死了，除了湘灵，他不会喜欢上别的女人。

白居易一直在等，等母亲松口答应他把湘灵娶过门来，但陈氏也始终坚守着自己的底线。所以，他只好以拒不成婚来抵抗母亲，而这一拖，就拖到了30多岁。

年幼时，白居易很喜欢湘灵的名字，每次看到她，总是"湘灵、湘灵"地喊个不停，而她则羞涩地望向他，轻轻唤一声"乐天哥哥"。在他眼里，小湘灵是个纯真的女孩，似乎他喜欢的事她都喜欢，只要能让她尾随在他身后，无论叫她做什么，她都心甘情愿，且乐在其中。

就这样，他们一起度过了生命中最快乐的8年，直至她出落成一个大姑娘，他才忽然发现，原来那个整天跟在自己身后的小女孩，已在他心里生了根、发了芽。

爱情是奇妙而又不可理喻的。爱上她，他便成了世间那个最幸福的男人。他喜欢看她站在碧纱窗下绣床前逗弄鹦鹉时的神情，活泼、温婉，却又透着些许调皮与古灵精怪。于是，他拥着一怀柔情蜜意，提笔为她写下了一首《邻女》，以表达自己的恋慕之情。

邻女

娉婷十五胜天仙，白日嫦娥旱地莲。

何处闲教鹦鹉语，碧纱窗下绣床前。

这是白居易为湘灵写下的有据可查的第一首诗。

从认识的那天起，白居易就发现湘灵是个极富爱心的女子。她总是喜欢收养那些无家可归的小动物。

那一年，白居易从野外捡回一只受伤的鹦鹉，湘灵二话没说，连忙抱着鹦鹉回房替它包扎伤口。几个月的工夫，她就将它养成了一只毛羽丰润、人见人爱的鸟儿。她教它学说简单的语言，每次望着从窗下路过的他，都会浅浅淡淡地笑，然后伸手点着它的额头，告诉它"这是乐天哥哥"。

"乐天哥哥，乐天哥哥……"那只鹦鹉果然通了人性，只要白居易来，便会望着他叫个不停。左邻右舍一听到鹦鹉说话，便知道白居易又和湘灵在一起玩耍了。

母亲陈氏为此大发雷霆。她提醒白居易，你已是19岁的成年男子，而湘灵也已届及笄之年，自古男女有别，不能再像从前那样无所顾忌地跟湘灵一起玩了。

是啊，他已是成年男子，再这样跟湘灵缠在一起算什么呢？他是母亲的希望，更是白氏家族的希望，所有人都指望他能考中进士，光宗耀祖，这个时候又岂是他儿女情长之际？

痛定思痛后，他决定闭关苦读诗书，不再去找湘灵。然而，闭门苦读了半个月后，他终于还是按捺不住对湘灵的思念，偷偷跑出去跟湘灵见了一面。没想到，这一次，母亲的反应显得异常激烈，她甚至给白居易下达了最后通牒，若再背着她去见湘灵，就跟他断绝母子关系。

面对母亲的施压，白居易自是无法违拗她的心意，只好终日乖乖地埋头读书，但只要陈氏一外出，他就会第一时间丢开书本去找湘灵，一对有情人小心翼翼地，度过了几年甜蜜时光。

时间长了，儿子和湘灵的事还是传到了陈氏耳中。陈氏早就对湘灵心怀诸多不满，哪能再纵容她"勾引"自己的儿子，继续把他往歪路子上带？可是，打也打了，骂也骂了，儿子就是不肯离开这个女子，她又能有什么办法？

怎么办呢？陈氏突地灵机一动，想出了一个金蝉脱壳的妙计，那就是把儿子从符离支开，只要他们两个分开了，还怕感情淡不下来吗？

其时，白居易的父亲白季庚前往襄阳任职，但陈氏和白居易并未随行。为了彻底了结儿子和湘灵的这段孽缘，陈氏愣是硬生生把白居易打发去了襄阳。

哪知道，人算不如天算，贞元十年（794 年），白居易到襄阳仅仅一年，父亲就在襄阳病逝。他又重新回到了符离，回到了湘灵身边。

久别重逢后的白居易与湘灵，更加坚定了对方就是自己此生不二的伴侣人选的信念。白居易以为，只要自己与湘灵情比金坚，总有一天会感动母亲，让他娶了湘灵。可随着时间的推移，湘灵的年纪变得越来越大，身份也变得越来越尴尬，如果还不能给她一个名分，岂不是要耽误了她的一生？

面对终日为愁嫁而紧锁着眉头的湘灵，白居易感到十分惶恐。这么好的姑娘，除了两家门第悬殊，母亲有什么理由拒绝她成为白家的儿媳？

儿子的心思，陈氏一一看在眼里，她知道，威逼是毫无用处的，于是她避重就轻，许诺等他考中进士后，再来谈论与湘灵的婚事。白居易信以为真，由此废寝忘食地苦读，以期他日金榜题名时，亦能赢得洞房花烛夜。

然而，时光荏苒，一转眼白居易就 27 岁了，湘灵也已经23 岁，是名副其实的老姑娘了，不能再等下去了。于是，他郑重其事地向母亲摊牌，正式提出了要娶湘灵过门的意思。

　　然而，陈氏依然以他还没有高中进士为由，断然拒绝了他的请求。无奈之下，白居易只好再次离开符离，只身前往江西浮梁，投靠身为浮梁主簿的长兄白幼文，继续为理想和前程奋斗。

　　去浮梁的途中，白居易一边欣赏沿途的风景，一边用在心中纠葛牵绊了无数个日日夜夜的泪语，和着墨笔挥染宣纸的沙沙声，为湘灵写下了一首首情诗。

长相思

九月西风兴，月冷霜华凝。
思君秋夜长，一夜魂九升。
二月东风来，草坼花心开。
思君春日迟，一日肠九回。
妾住洛桥北，君住洛桥南。
十五即相识，今年二十三。
有如女萝草，生在松之侧。
蔓短枝苦高，萦回上不得。
人言人有愿，愿至天必成。
愿作远方兽，步步比肩行。
愿作深山木，枝枝连理生。

　　白居易已不是第一次离开符离，和湘灵确定恋爱关系后的8年间，他去过长安，回过洛阳，到过襄阳，可这一次，去的却是更加遥远的浮梁。对于未来，他的内心充满了迷茫和恐慌。

他只能不停地给湘灵写信，给她赋诗，每一字，每一句，点点滴滴，都写出了他对湘灵的刻骨怀念。他是真的很爱湘灵，这份爱已经让他忘记了自己，唯一记住的，就是在远方独自凭栏牵挂惦念着他的湘灵。

贞元十五年（799 年）秋，白居易在宣州参加了州试，并高中举人，获得了来年前往长安参加进士考试的资格。

其时，白母陈氏已由徐州符离迁居白氏家族在洛阳的祖宅。中举后的白居易便从浮梁县回洛阳看望母亲。

白居易与母亲久别重逢，自然是高兴的，然而，他心中深深惦念着的，还是远在符离的湘灵。他再次请求陈氏允许他娶湘灵为妻，结果依然遭到了陈氏的拒绝。

陈氏苦口婆心地劝导儿子，白家虽不在大唐五大望族之列，却也是书香门第的官宦世家，而湘灵只是一个普通的平民之女，这样的婚姻除了会招人耻笑，还会给他带来些什么？世上的女子千千万万，为什么非要在湘灵这一棵树上吊死呢？

白居易自然懂得母亲的意思，能娶到一个门当户对的官宦人家的女儿为妻，对自己的仕途大有助力。可他只想娶他心爱的湘灵，奈之若何？他很清楚，超越门第和身份的爱情，在当时并非只有他和湘灵这一对，但几乎都被挡在了婚姻的大门之外。难道他和湘灵的爱情，也会以无法相守而收场吗？

贞元十六年（800 年）春，29 岁的白居易在长安以第四名中进士第。他再次向母亲陈氏提出要娶湘灵为妻，但又遭到了陈氏的拒绝。

一次又一次地失望，一次又一次被逼到绝望的境地，白居易想反抗却又无力反抗，亦只能和着满腹的委屈，在纸笺上为自己不幸的遭遇，写下一阕阕沾染着血泪的诗作。

当年冬天，白居易由洛阳返回符离省亲，再次见到了日思夜想的恋人湘灵。湘灵明白自己与白居易的结合已然无望，为让心爱之人不受自己牵累，她毅然决定与白居易分手，并在分手之际赠予他一面刻有双盘龙的铜镜和一双她亲手缝制的绣花锦履。这两件信物，白居易一直视若珍宝，始终带在身边。

贞元十七年（801 年）夏秋之交，满心惆怅和无奈的白居易离开了符离。与湘灵分手后，他难掩心伤，为之挥泪写下了一首痛断肝肠的《离别难》。

离别难

绿杨陌上送行人，马去车回一望尘。
不觉别时红泪尽，归来无泪可沾巾。

贞元十八年（802 年），进士出身的白居易再次赶赴长安，参加制举考试，与文友元稹同登书判拔萃科。

贞元二十年（804 年）春，33 岁的白居易回洛阳省母，并举家迁往渭南下邽故里。这一年，他又向母亲陈氏提出欲娶湘灵为妻的愿望，并再次遭到陈氏拒绝。

做了校书郎后，白居易对湘灵的思念与日俱增，但因母亲陈氏表现出的决绝态度，导致他想和湘灵结合的愿望几近无望，让他在春风得意之际却变得日渐消沉起来。这段时间，他写了大量怀念湘灵的诗作，在中国诗坛上留下了浓墨重彩的一笔。

因陈氏坚决不允许其娶湘灵为妻，白居易亦用拒不成亲的方式，来回应母亲在他婚姻上的决绝态度。

尽管已经年逾三旬，但他对湘灵的思慕并没有改变，想她，念她，他白发顿生，但恨不能腋下生翅飞到她的身边，字里行间，无不深深表达了他对湘灵的痴心不改。

唐宪宗元和元年（806 年），白居易与元稹同时辞去秘书省校书郎的职务，住在长安华阳观，准备参加制举考试。四月，他与元稹同登"才识兼茂明于体用科"，旋即被授盩厔（今西安市周至县）县尉。这一年，他已 35 岁，依然是孑然一身。

从校书郎变成盩厔县尉，他离自己的政治理想又近了一步。然而，那在水一方的伊人却与他渐行渐远，31 岁的湘灵仍待字闺中，他又该如何去偿还欠她的那份情意？

年华似水，结为夫妻的愿望却依然遥不可及。明知希望渺茫，白居易和湘灵只能沉浸在"两情千里同"的相思里，苦苦地煎熬，苦苦地等待。那一年秋天，他写下了名震千古的《长恨歌》，为自己，更为他心爱的湘灵，落尽悲伤的泪水。

写唐明皇，就是写他自己；写杨贵妃，亦是描摹他深爱的湘灵。从响应陈鸿和王质夫的提议，在花笺上落笔写下"汉皇"二字之际，他便知道，笔下的佳人不会只是那个远去的杨玉环，而更多凸显的却是守在符离山水间呜咽着的湘灵的影子，以及他们爱而不能的苦衷。

末尾"在天愿作比翼鸟，在地愿为连理枝。天长地久有时尽，此恨绵绵无绝期"四句，是从他写给湘灵的那阕《长相思》诗中之句"愿作远方兽，步步比肩行。愿作深山木，枝枝连理生"蜕变而来，既点明题旨，回应诗首，更是他对爱情的叹息与疾呼，是对于爱情受命运播弄、被政治伦理摧残的痛惜，此恨之深，已超越时空而进入无极之境，读来清音有余，给人以无限回味的余地。

与其说《长恨歌》是一幕描述唐明皇与杨贵妃的爱情悲剧，倒不如说是白居易与湘灵爱不能守的真实写照。杨贵妃死在了马嵬坡，唐明皇都能在仙境中觅到她的芳踪，怎么自己就不能再与湘灵聚首？

元和二年（807年），白居易已经36岁了，却因为坚守对湘灵不离不弃的诺言，依然单身。母亲陈氏看在眼里，急在心里，四处托人为儿子说媒。这时，他的挚友元稹实在看不下去了，主动为他做媒，把同僚杨汝士的妹妹杨氏介绍给他。但他还是不肯放弃湘灵，顽强地抵制着来自母亲的压力。他就一句话，要他结婚可以，但只能和湘灵结婚。

白居易一直以为，只要自己坚持到底，定然会换得母亲的体谅与成全。可叹的是，这份苦情虐恋，最终还是竹篮打水一场空。

37岁那年，在陈氏多次以死相逼之下，白居易终于还是没能拗过母亲，违心地娶了杨汝士的妹妹杨氏为妻。

尽管杨氏出自名门望族，对他的前程大有裨益，也是母亲心仪的儿媳不二人选，可他终究是不爱她的，这样的婚姻又能幸福美满到哪儿去呢？他内心恋慕的，自始至终只有湘灵。

元和六年（811年），精神日趋失常的白母陈氏，在家里看花时意外坠井身亡。同年，白居易与杨氏所生的独生女金銮子病逝，杨氏亦因为痛失娇女一病不起。

有些人，爱过了，就注定要用一生来忘却。母亲去世时，白居易已经 40 岁了。从表面上看，横亘在他和湘灵之间的那道鸿沟终于消失了，可他还能将那段深情捡起来吗?

不可能了。时过境迁，他已经娶了杨氏为妻，难不成要停妻再娶，或是让湘灵做他的妾吗? 一切都回不去了，即便沧海可以变桑田，他亦无法再兑现当初的诺言，只能饮下一杯海枯石烂的苦酒，将她辜负。

在为母亲守丧期间，白居易心心念念的，依然是已与他渐行渐远的湘灵。他写过很多信给湘灵，却再也没收到过对方的回信。后来，他从留在符离的亲眷口中得知，湘灵父女早已离开了符离，不知去向。那颗因相思而黯然神伤的心，亦终于被窗外凄厉的风雨碾成了一堆粉末。

夜雨

我有所念人，隔在远远乡。
我有所感事，结在深深肠。
乡远去不得，无日不瞻望。
肠深解不得，无夕不思量。
况此残灯夜，独宿在空堂。
秋天殊未晓，风雨正苍苍。
不学头陀法，前心安可忘?

夜雨潇潇，只要一想到湘灵，他就坐立不安，无法成眠。绝弦与断丝尚能以胶相续，断了的爱情却永无相续之期，这满腔浓浓的愁绪，何时才是个尽头啊?

在寂寞的雨声里，思念毫无预兆地再次爬上他破碎的心头。想她，却不知她身在何处。他唯一能做的，就是翻出她当年送他的铜镜，在惆怅中睹物思人，在彷徨中继续将悲伤进行到底。还能做什么呢？什么都做不了，唯有相思，可相思又如何拯救得了他经年的伤心？

感镜

美人与我别，留镜在匣中。
自从花颜去，秋水无芙蓉。
经年不开匣，红埃覆青铜。
今朝一拂拭，自照憔悴容。
照罢重惆怅，背有双盘龙。

元和十年（815 年），白居易结束了近四年之久的闲居生活，回长安出任太子左赞善大夫。左赞善大夫虽是正五品上的官阶，其实却是个闲职，相当于太子府的办公室主任，专门负责规讽太子，但每天都要朝参，号称常参官。

不久之后，白居易遭到了权宦的排挤与打压，被贬为江州司马。在贬谪江州途中，大约是天意怜人，白居易和夫人杨氏竟意外邂逅了沦落江湖的湘灵父女。乍然相逢，当年的翩翩少年和如花红颜，都已不再青春。白居易与湘灵当即抱头痛哭了一场，并写下题为《逢旧》的诗，以为纪念。

逢旧

我梳白发添新恨，君扫青蛾减旧容。
应被傍人怪惆怅，少年离别老相逢！

那一年，白居易已经 44 岁，而湘灵也是 40 岁的中年妇人了，却一直都没有婚配。只可惜，他身边早已有了杨氏夫人，亦不能委屈她做他的姬妾。所以，短暂的重逢之后，取而代之的，则是永远的离别。

这首诗里，白居易再次用到了"恨"字。此"恨"与《长恨歌》的"恨"，有着千丝万缕的关联。由此可见，白居易亲身经历的这段悲剧式的爱情，为《长恨歌》的创作打下了坚实基础，并非不经之说。

元和十一年（816 年），白居易在江州晾晒衣物的时候，无意中看到了湘灵赠予他的那双绣花锦履。于是，往事又一幕一幕地，再次袭上了他惆怅的心头。

他知道，这辈子他注定要辜负湘灵了。今生，他已经无法再给她一点明媚，只能下辈子再为她守候。

感情

中庭晒服玩，忽见故乡履。
昔赠我者谁，东邻婵娟子。
因思赠时语，特用结终始。
永愿如履綦，双行复双止。

自吾谪江郡，漂荡三千里。

为感长情人，提携同到此。

今朝一惆怅，反覆看未已。

人只履犹双，何曾得相似。

可嗟复可惜，锦表绣为里。

况经梅雨来，色黯花草死。

白居易拿起湘灵为他亲手缝制的鞋子，不停地摩挲着，仔细地端详着，泪水已从皱纹丛起的眼角轻轻滑落至腮边。

南方潮湿多雨，那鞋上原本鲜艳的绣花早已黯淡褪色，一如他那颗日渐凄惶的心，剩下的只有支离与破碎。叹只叹，鞋子尚能成双成对，而他却早已形单影只，再也无法踅进她曾经温暖过他一双明眸的璀璨春天。

此时此刻，距离湘灵送他绣花锦履，已整整过去了十多个年头，可他无论走到哪里，都始终珍藏着这双鞋。只此一事，便足见他用情之深。

后来，53岁的白居易在回京的途中，特意绕道去了一趟符离。他本以为会在那里再度与湘灵重逢，只可惜，那个昔日里总是喜欢于窗下逗弄鹦鹉的少女，早已踪迹难寻。那一瞬，他终于明白，这辈子，他恐怕都难以再见湘灵一面了。

60多岁的时候，白居易再次经过符离，却还是没能与湘灵重逢。他不知道湘灵去了哪里，不知道这些年她到底过得好不好，更不知道她是否还活在这个世上。他只知道他辜负了湘灵，只知道他满腹的思念都化作了眼角浑浊的泪水。

汴河路有感

三十年前路，孤舟重往还。
绕身新眷属，举目旧乡关。
事去唯留水，人非但见山。
啼襟与愁鬓，此日两成斑。

人生那么短，思念却又总是比海更深，比天地还长。这份情感纠缠了白居易一生，却始终没能结出果实的初恋，终究还是成了一道无法愈合的伤口，在他心里反复撕裂，直至生命的尽头。

"在天愿作比翼鸟，在地愿为连理枝"，不仅是唐明皇与杨贵妃的爱情誓言，更是他对湘灵许下的承诺。只是，当一切都无法挽回之际，他又该如何去实践当初的诺言呢？

独眠吟二首

夜长无睡起阶前，寥落星河欲曙天。
十五年来明月夜，何曾一夜不孤眠？
独眠客，夜夜可怜长寂寂。
就中今夜最愁人，凉月清风满床席。

或许，除了独眠，除了让孤单伴他终老，他实在是再也找不出任何的突破口了。罢了，就让他守着万籁俱寂的夜，在这悠悠的风声里，将思念一直演绎到死吧！

唐·张萱《虢国夫人游春图》（局部）

元稹

友谊最美好的样子

　　在唐代的诗人中，元稹也许是最具争议的一个。一方面，他能写出"曾经沧海难为水，除却巫山不是云"这样的悼亡诗，堪称深情好男人；一方面，他又和崔莺莺（原型）、薛涛、刘采春等纠缠不清，甚至在妻子病重的时候出轨，成了绝对的"渣男"。

　　那么，他到底是好男人还是"渣男"？每个人心中都有一个元稹，你们认为他是什么样子的，他就是什么样子的。相信看完他的故事，你就会有自己的判断。

寒门贵子

元稹出生于一个没落的官僚家庭，在他还不满 8 岁的时候，他的父亲元宽就去世了，这对于本就不算富裕的元氏家族来说，无疑是雪上加霜。

元稹的母亲郑氏，出自名门望族，是元宽的续弦，所以比元宽小了差不多 20 岁。元宽去世后，她在元家无依无靠，生活无以为继，不得不带着两个年幼的儿子，前往凤翔投奔娘家兄弟和已经出嫁的长女。这一年，元稹年仅 9 岁。

凤翔的一切，对元稹来说都是新鲜的。在这里，他结识了表兄胡灵之、吴士矩和吴士则。吴士矩、吴士则是堂兄弟，他们的父亲吴凑、吴溆，则是唐肃宗章敬皇后吴氏的亲弟弟，吴氏兄弟说起文章典故来头头是道，令年幼的元稹佩服万分。

跟众多表兄弟比起来，元稹跟姐夫陆翰的感情更为深厚。姐夫陆翰本为吴郡士族，后因家道中落，到他这一代只当了个小小的主簿。虽然官职卑微，但家底还是殷实的，所以，他得知岳母和几个小舅子在长安忍饥挨饿，便立即敦促妻子写信，让他们到凤翔一起生活。

郑氏带着元稹兄弟到凤翔投奔舅族后，仍是自立门户，温饱问题虽然解决了，但日子还是过得异常艰辛。陆翰夫妇看不过去，多次提出要接郑氏母子到自己家里一起生活，但为了不给女婿家增添麻烦，郑氏拒绝了陆翰的好意。

不得已，陆翰只好时常让妻子拿着钱物去接济他们。大雪天的时候，陆翰还冒着严寒买米买炭送上门。因此，幼小的元稹对这个姐夫很是心存感激，以至于数十年过去后，已经位极人臣的他，仍对其当年的救助之恩念念不忘。

　　陆翰的为人令元稹佩服得五体投地，但更让他心生向往的则是陆翰家丰富的藏书。早在长安时，父亲元宽就已经开始教导元稹念书，但念的都是一些浅显易懂的书籍。到凤翔后，母亲郑氏非常重视儿子的教育，每天亲执诗书，诲而不倦，所以9岁时元稹便能赋诗，小小年纪就显出了超出常人的天资。

　　时间一长，郑氏的学识便无法满足求知欲愈来愈强的元稹了。元稹便把目光投向了姐夫陆翰家中的书房，时不时就溜到姐夫家中，钻进书堆里专心致志地读起来。

　　在姐夫的书房里，年幼的元稹第一次接触到了《楚辞》，虽然还看不太明白上面的内容，但却是由衷地喜欢。他尤其喜欢《离骚》，喜欢它奔放的感情、奇特的想象，还有字里行间散发出的浓郁的楚国地方特色和奇瑰的神话色彩。在陆翰的指点下，元稹对《楚辞》有了更加全面的认识。

　　从那之后，元稹对知识的渴求愈加强烈，在姐夫的帮助和支持下，他不再为读书而读书，而是在读书的同时开始了自己的思考。小元稹开始意识到，世界上绵延最久的东西并不是物质，而是思想与精神，但能够准确地记录思想的，便只有文字，所以说，文字才是文人墨客的生命，也是他元稹的生命。

　　渐渐地，姐夫的藏书也无法满足元稹的求知欲了。为此，陆翰为他引见了藏书更为丰富的同僚齐仓曹（仓曹是地方低级官名）。听说小小年纪的元稹喜欢读书，齐仓曹毫不吝惜，对元稹是有求必应。

　　齐仓曹的家远在几十里外。随着阅读量的大大提升，元稹已不再满足于齐仓曹每次为他选带的书，为了更好地研读学习，他开始不辞辛劳地步行往返于凤翔城与城外的齐仓曹家，挑选自己想读的书，遇有不懂的地方，再拿去请教姐夫。日子久了，元稹和齐仓曹成了忘年之交。

坚持苦读了四年，十几岁的元稹便已学得满腹经纶，他开始幻想自己也能拥有一间像姐夫和齐仓曹那样的书房。

在刻苦学习之余，元稹也喜欢外出游玩。一旦有时间，他便和众多表兄弟结伴出游。母亲郑氏一边严格督促元稹读书，一边却又觉得他年幼丧父，很是可怜，便有意识地放松对其管束，随其放荡嬉闹。

那是一段令元稹念念不忘的好时光。姨表兄胡灵之和从姨表兄吴士矩、吴士则，都是他最好的玩伴，每当看到这个小表弟日夜守在窗下苦读，表兄们都很心疼。为了让这个懂事的小表弟过得快乐一些，他们经常带着小元稹外出野游，带他去看社戏，带他去听说书……

元稹和胡灵之等十几个同辈表兄弟，不仅在一起读书习诗，而且一起骑马射猎，狂歌豪饮，玩得忘乎所以时，甚至昼夜不归，听歌观舞。

其时，由于回纥、吐蕃等游牧民族的侵扰，大唐边境被一再蚕食。往日繁华昌盛的凤翔城，已从中原腹地变成了边鄙荒凉之地。正因边鄙荒蛮之地少有中原礼教的束缚，才使元稹在贫苦的环境中，拥有了一份足以令其终身怀念的快乐。

因为表兄们的缘故，少年时代的元稹得以结识了军大夫张生，也有缘与其府中的歌舞姬华奴、媚子相识。于是，小元稹开始成了张生家中的常客，和华奴、媚子渐渐成了无话不谈的知己。

元稹最爱听华奴唱《浙浙盐》，看媚子跳《踏摇娘》。华奴与媚子仗着自己比元稹年长几岁，每次见他来，都要在他面前逗趣一番，直到他面红耳赤才肯罢休，但元稹跟她们的关系反而变得更加亲近，成天"姐姐、姐姐"亲热地叫着。

然而，这样欢畅的日子并未持续多久。为减轻母亲的负担，元稹决定回长安参加科举考试，好尽早博个差事，从此自食其力。

唐代科举名目甚多，而报考最多的科目则为进士和明经两科。相对而言，进士科更难一些，故有"三十老明经，五十少进士"之说，而唐代文人也更为看重进士科。

为了尽快获取功名，元稹选择投考了相对容易的明经科，并一战告捷，于第二年春天发榜时，擢第。明经试录取人数虽较进士多，但由于投考的人更多，想要一战告捷仍属不易，而元稹14岁便一举登科，也足见其才华之出众。

由于唐人重进士而轻明经，所以，由明经登第者，颇被世人所轻贱。纵使元稹满腹才华，因其明经出身，曾遭到鬼才李贺的轻视。据说，元稹有一天专程上门拜访年少出名的诗人李贺，但狂傲清高的李贺拒绝见面，让下人传话说："明经擢第，何事来见李贺？"元稹比李贺年长11岁，登门求见没有功名的李贺，居然会受到这种待遇，由此可见当时明经科进士的地位。

明经及第的士子，并不能直接当官，还必须去基层衙门找一份普通的差事，以完成从平民到官员的过渡。这时候，元稹需要一个得力的官员来推举自己。他想到了父亲去世时曾经周济过元家的外诸翁（外祖父的兄弟）郑云逵。

　　说到郑云逵，可是少年元稹最钦佩仰慕的人。小时候，他就经常听母亲讲起这位外诸翁的故事。父亲去世时，也多亏这位外诸翁及时伸出援手，才能入土为安。这几年虽然客居凤翔，但元稹却时常挂念着这位身居长安的外诸翁，对他慷慨救助的恩情时刻铭记在心。

　　其时，郑云逵已在朝中任御史中丞，说话很有分量。元稹为了早日摆脱家贫的困境，便前往郑府拜见，希望对方能够帮助自己找到一份差事。但郑云逵望着这位年幼的从外孙却笑而不语，只是问他最近又读了什么书，对他前来拜访的目的却只字不提，留他用过餐后，便让仆人交给他用绸缎裹好的一卷诗书，带回家好好研读。

　　"外祖大人！"元稹举着郑云逵给他的卷书，不无失望地低下头嗫嚅道，"外孙，外孙……"

　　"不必说了。"郑云逵和蔼地望着他，又让仆人取出银两塞到他手里，语重心长地说，"你还小，读书做学问才是眼下最紧要的事，可不能让那些闲事分了心，毁了你一生的前途。"

　　元稹抬起头，望着这位慈祥而又肃穆的外诸翁，欲言又止。

　　"你家里的情况我都知道，最苦的日子都熬过来了，还怕再熬个三五年？"郑云逵起身，轻轻踱到他面前，叹口气说，"明经及第对你来说已是不易，可你要知道，士人皆重进士而轻明经，要给自己博个好前程，最紧要的还是读书做学问，难不成你希望自己一辈子都当个默默无闻的小吏吗？"

　　郑云逵的话，在元稹幼小的心灵上激起千层浪。外诸翁说得对，可他真的需要一份差事赚钱贴补家用。

　　回到家中，元稹拖着疲惫的身子踱进书房，把郑云逵送他的卷书搁在书案上，一声不吭地望着窗棂发呆。看来郑云逵这条路是走不通了，可除了他，还有谁能帮他谋到一份差事呢？他重重地叹息着，回想母亲为了这个家付出了那么多，他的心便觉得如刀锥般疼痛。

打开郑云逵送给他的诗卷，元稹这才发现外诸翁送他的是大诗人陈子昂的《感遇诗三十八首》。读了一遍之后，元稹强烈地喜欢上了这些诗，并由此喜欢上了陈子昂。

陈子昂的这些诗篇，给了他巨大的震撼，诗篇里的政治主张和对老百姓同情的态度，都深刻影响了元稹。他的创作冲动被瞬间激发了出来，于是他当即挥毫写下了《寄思玄子诗二十首》。这是元稹诗歌创作的开始，也是其作为现实主义诗人创作道路的起点。

在郑云逵的支持下，元稹在靖安坊元氏老宅一待便是一年，除了日夕捧读陈子昂的诗章，更多的时间都用在研习父亲元宽留下的《百叶书抄》上。此书是元宽历经数十年时间，选取各种图书的精华汇编而成，对元稹的启发很大。此时的他，完全醉心于学问之中。

一年后，在郑云逵的推荐下，元稹来到西河县，谋到了一份录事的差事。官职虽然卑微，但却有很多时间读书学习。在那里，他读完了"诗圣"杜甫的诗作。杜甫揭露现实、批判社会、同情劳动人民的诗篇，引起了他的共鸣，激发了他的创作激情。

不久之后，元稹邂逅了河中府诗人杨巨源。杨巨源比元稹年长24岁，曾以《三刀梦》诗闻名于世。二人意气相投，相见恨晚，很快便结成忘年之交，并分别写下了大量"公私感愤"

的诗篇。

此时，元稹有了俸禄，不但能够养活自己，还能照拂远居凤翔的母亲，再加上身边还有个才高八斗的杨巨源引他为知己，他的心情自是恣意又舒畅的。

君子之交

贞元十八年（802年），从西河县回到长安靖安坊老宅的元稹，正忙着准备参加这年冬天举行的吏部科试。

其时，元稹结识了来自江南的士子李绅。因赴京参加进士试，李绅住进了元氏老宅中，和元稹日夕研习。百无聊赖之际，元稹写出了脍炙人口的传奇《莺莺传》，而李绅则根据《莺莺传》写出了长篇叙事诗《莺莺歌》，一时传为美谈。

同年冬天，元稹与李绅一起参加了吏部试，通过了这次考试才能正式当官。次年春天发榜，元稹高中"书判拔萃科"第四等。也就在这个时候，元稹结识了一生中最为钦佩的知己，比其年长7岁的白居易。

白居易贞元十六年中进士，后与元稹同年举"书判拔萃科"，又同授秘书省校书郎，既是同年，又是同事。他们第一次见面，彼此都被对方的才华深深折服，很快便成为无话不谈的挚友，终其一生，情同手足。不久，他们就在京城发起了话本小说讲唱活动，针砭时弊，为民发声，在朝野引起了不小的反响。

身在官场，元稹和白居易看到了朝廷的腐败无能和藩镇、

● 明·仇英《赤壁图》（局部）

宦官势力的猖獗。然而，他们只是职卑言微的校书郎，言路不开，要想实现自己的政治主张，就必须参加制举考试，拿到通往要职的入场券。

于是，元和元年（806年）年初，元稹和白居易同时辞去校书郎职务，客居华阳观中，全力以赴制举考试。

经过一个多月废寝忘食的充分准备，他们终于共同制成《策林》七十五首。在《策林》中，他们以大量的篇幅深刻揭露了社会矛盾，抨击了腐败的政治现实，连当时的宰相裴洎看了，都暗自替他们捏着一把汗，如此直抒己见的言辞，很可能会得罪某些当权者，落第是小事，弄不好还会招来杀身之祸。

裴洎的关心、政治的险恶，他们不是不明白，但他们参加制举试，不仅是为了出人头地，更是为了维护唐代的统治根基，期待有朝一日能将柳宗元等人未能实现的政治抱负一一实现，所以个人的安危也就算不了什么了。

当年农历四月十二日，制举考试正式开始，刚登基的唐宪宗因为事务繁忙，便指定宰相韦贯之、张弘靖共同主持。

幸运的是，韦贯之是一个敢于主持正义的宰相。元稹和白居易在这场考试中，力抒己见、痛陈朝政弊端。元稹的制策《才识兼茂明于体用策》，深得韦贯之欣赏，便特地将其拔为第一名。元稹成了当年的"头名状元"。白居易则在登第的十八人中位居第四。

及第后不久，元稹被拜左拾遗，白居易出为盩厔县尉。这段时期，元稹和白居易开始极力倡导新乐府运动，主张恢复采歌制度，发扬《诗经》及《汉乐府》讽喻时事的传统，使诗歌起到"补查时政"的作用，并由此催生出了"元和体"诗。

元稹虽才华横溢，但因其耿直豪爽、潇洒落拓的性格中，又带着几分与世俗格格不入的天真，所以，尽管他为人光明磊落、刚直不阿，却也因为锐气太盛，导致他一再被贬，曾先后谪至江陵、通州、同州、越州、武昌等地，仕途一路坎坷。

担任越州刺史的时候，遭遇洪灾，元稹一面亲临现场，指挥官兵与百姓共同抗洪，一面上奏朝廷减少赋税，开仓放粮。之后兴修水利，发展农业，政绩斐然，颇得百姓拥戴。然而，在政治昏暗的时局里，元稹还是陷入了牛李党争的漩涡，后期有依附宦官之嫌，成为后人诟病其官品的污点。

然而，不管在官场中遭逢怎样的变故，元稹和白居易的友谊，却从来都没有因此受到丝毫的影响，有生之年，他们时常书信往来，互相鼓舞，互相激励，留下了大量唱酬的诗篇，在中国文坛上留下了一段旷古烁今的佳话。

白居易在母亲去世丁忧期间，生活极其困苦，元稹在得知他的处境后，顾不上自己也已潦倒不堪，一次次地向其伸出援手，不是寄钱，就是寄物。据白居易诗文记载，那段时间，元稹前后共援助他达二十万钱，着实不算是个小数目，若不是二人心意相通，惺惺相惜，即便是友人，又如何能够做到这个地步？

元稹与白居易的友谊，无关金钱，无关前程，无关仕途，更无关任何利益，而是两颗心的彼此怜惜，彼此关照。他们一起做官，一起被贬，生死相依三十余年，通信1800多封，互赠诗篇1000余首，纵观古今中外历史，也很难再找出若他们一样坚如磐石的友谊。

元和四年（809年），身为监察御史的元稹奉命出使东川，而身为左拾遗的白居易则留在了长安。某天，白居易与弟弟白行简、友人李杓直同游慈恩寺后，共至李家饮酒。席间，白居易忽停杯说："微之（元稹的字）当已至梁州了。"随即便题诗一首于壁上，以示对元稹的怀念。

让白居易意想不到的是，十多天后，当他像往常一样，打开元稹从远方寄来的信笺时，一下子便被惊呆了。原来，元稹居然在信里说，他梦到了自己与白居易、白行简、李杓直一起同游慈恩寺，醒来后却意识到好友远在千里之外，落寞之际便写下了一首《梁州梦》以记其事。

梁州梦

梦君同绕曲江头，也向慈恩院院游。
亭吏呼人排去马，忽惊身在古梁州。

更让白居易讶异的是，根据信函传送的日期往回算，他发现元稹梦见自己的那晚，竟然就是他与李杓直同游慈恩寺的那天。如此的巧合，都难以用神奇与默契来形容，若不是他二人心有灵犀，又怎会发生这样的奇迹？

人生得一知己，足矣。元稹与白居易，用他们的真心真情，为古今友谊抒写下了最华美的篇章。他们既是生活中的挚友，亦是文学和政治上的知己，他们互相关心，互相牵挂，一日不见，如隔三秋。然而，多舛的命运，却让他们隔了山重水复的迢遥，于是，信件和互相唱酬的诗篇，便成了他们彼此挂怀、彼此思念的媒介。

梦微之

晨起临风一惆怅，通川湓水断相闻。
不知忆我因何事，昨夜三更梦见君。

白居易给元稹写了一首《梦微之》。

早晨醒来后，心中愁绪渐起。山水阻隔，你我已经很久没
有书信往来了，却不知你因何事惦念我，致使我昨夜里一直都
梦见你。

酬乐天频梦微之

山水万重书断绝，念君怜我梦相闻。
我今因病魂颠倒，惟梦闲人不梦君。

而元稹则回了一首《酬乐天频梦微之》。大意是这样的：
被千万层山水阻隔，使得书信来往间断，非我所愿。今日忽又
接到你寄来的诗笺，感念你一直都挂怀怜惜我，在梦中还打听
我的讯息。而今的我，因身体病弱，导致心神错乱，总是梦见
些不相干的人，却没有一次梦见你，可教我如何是好？

禁中夜作书与元九

心绪万端书两纸，欲封重读意迟迟。
五声宫漏初鸣夜，一点窗灯欲灭时。

白居易给元稹回了一首《禁中夜作书与元九》。

写给你的书信，装入信封后又取出重读，总感觉还有许多话想要与你诉说。写写改改，直到五声宫漏响过，窗前灯盏将息未息时才把它写好。

瞧，这就是元稹与白居易的友情。如果不告诉你这些诗篇的作者是谁，大家会不会误会这是一对热恋中的男女呢？

元稹与白居易的友谊，丝毫不掺杂任何功利的因素，他们就是一对纯粹的挚友，可以一起同游曲江，可以一起对酒当歌，可以一起骑游赏花，可以同富贵，也可以共患难，在彼此遭受打压之际，都没有明哲保身，视而不见，而是共同进退，共同面对这个凉薄的世界，一起抱团取暖。

元和十年（815 年），元稹因直言进谏，触怒了当朝显贵，被贬为通州司马；而同年八月，白居易亦不顾朝廷风向，毅然上书要求朝廷彻查宰相武元衡被刺一案，结果遭到权臣嫉恨，被贬为了江州司马。就这样，一对挚友先后离开了长安，奔向迷茫与未知。

白居易在赶往江州的路上，经过蓝田驿时，好巧不巧地，居然在驿站的墙壁上发现了元稹留下的一首诗。

心情郁闷的白居易，在蓝田驿看到好友的题诗，心里自是百感交集，于是，他也提笔在墙壁上和了一首诗，以此来表达激动的心情。

在接下来的路途上，每到一处驿站，白居易都会迫不及待地下马，循着墙壁，绕着柱子，看看当地有没有留下元稹题写的诗句，有则欣慰，无则沮丧。这样的友情，古往今来，恐怕也只在这二位身上能够看到了。

蓬壺光冷月金谷綠名珠
何事生天上芙蓉豔不如

家珍 [印] [印]

清華別領一風騷綠萼為胎正是
膏若使此花能結實燕都應不數
銀椛

項孔彰詩畫 [印]

[印]

● 明·項聖謨《花卉十開》（局部）

其实，不只是白居易如此牵挂着元稹，元稹同样心系着远在千里之外的白居易。古代交通不便，所以身处通州的元稹，无法在第一时间获取白居易被贬的消息，可当病中的他知悉好友被谪至江州的那一刹，震惊与难过还是一齐涌上了心头，终忍不住强撑着病体，蓦地从床上坐起，在雨夜里为白居易写下了一首感人肺腑的诗《闻乐天授江州司马》，以为遣怀。

写完后，元稹立即把这首诗寄到了江州，希望能给贬谪中的白居易带去些许安抚与慰藉。那么，元稹与白居易的友情到底深厚到了什么程度呢？

据说，元稹在通州时，每次收到白居易的来信，还没拆开，就会止不住地流下一行行热泪，不仅吓哭了女儿，也惊到了妻子。妻女向他探询到底是怎么了，他则轻描淡写地告诉她们说，没什么的，只是因为又收到了江州司马白居易的来信。关于这段典故，元稹在《得乐天书》中亦有详细的描述。

得乐天书

远信入门先有泪，妻惊女哭问何如。

寻常不省曾如此，应是江州司马书。

被贬至通州的元稹，独处瘴乡，意志消沉，唯有好友白居易与他互通书信，互道关心，才让他憋闷的心境，有了些许好转的迹象。

一对知心好友，同是宦游之人，又同是天涯沦落人，都经历着被贬远地的惨况，品尝着抱负不得施展的苦楚，然而他们

却都没有放弃自己，于患难中互相鼓励，互相安慰，透过书信
与诗歌唱酬，给生活在薄凉世间的彼此，捎去无法替代也无法
抹杀的暖意，让他们悲苦的人生有了一丝亮色与光明。

大和三年（829 年），分别了许久的他们，终于在东都洛
阳见面了。可谁也没有想到，这久违了的聚首，竟成了他们此
生最后一次相逢。

过东都别乐天二首

君应怪我留连久，我欲与君辞别难。
白头徒侣渐稀少，明日恐君无此欢。

自识君来三度别，这回白尽老髭须。
恋君不去君须会，知得后回相见无。

分别时，元稹写下了《过东都别乐天二首》。没想到一语
成谶，两年后的七月，他竟病逝在武昌任上，而在他生命的最
后时刻，他也未曾忘记给远在洛阳的白居易捎去一首诗作。

当元稹去世的噩耗传到白居易耳中之际，他瞬间便如丧考
妣，悲痛得难以自抑，微之明明比自己小 7 岁，怎么说走就走
了呢？

等到元稹的灵柩被运到洛阳，已经 60 岁的白居易更是强
忍着悲痛，亲自拄着拐杖，来到好友灵前祭奠，并提笔为他写
下了墓志铭。

此后，白居易喝酒想着元稹，赏花想着元稹，读书想着元

積，写诗想着元稹，就连做梦也都想着元稹。"老来多健忘，唯不忘相思"，是他彻底与元稹诀别后的暮年生活剪影。

某夜，白居易在梦中再次见到了元稹，二人都是二十出头的青年，共游曲江，饮酒赋诗，意气风发，好不逍遥，仿佛一切都还是初识时的模样。可当他从睡梦中醒过来时，才意识到元稹早已离世，终于控制不住地涕泪交加，并写下了千古名诗《梦微之》。

梦微之

夜来携手梦同游，晨起盈巾泪莫收。
漳浦老身三度病，咸阳宿草八回秋。
君埋泉下泥销骨，我寄人间雪满头。
阿卫韩郎相次去，夜台茫昧得知不？

微之啊，你已逝去了多年，夜里，我又梦到咱们当初携手同游的情景，梦醒后，泪水再一次止不住地流了下来。微之啊微之，你的骨肉早就化作了一抔黄土，而我也已是满头白发，你可知道，独存于世的我，时时刻刻都在思念着你、想着你啊？

转眼之间，10年的岁月倏忽而过。已经年届七旬的白居易在好友卢子蒙家里喝酒，冷不防竟发现了元稹生前与卢子蒙互相唱酬的诗篇，瞬间又惹起了他几多闲愁。尽管那时距离元稹去世已经很久了，但白居易还是难掩悲痛，用颤抖的双手在纸笺上写下了一首诗。

览卢子蒙侍御旧诗多与微之唱和感今伤昔因赠子蒙题于卷后

早闻元九咏君诗，恨与卢君相识迟。

今日逢君开旧卷，卷中多道赠微之。

相看掩泪情难说，别有伤心事岂知。

闻道咸阳坟上树，已抽三丈白杨枝。

此后又过了几年，白居易终因思念成疾，郁郁而终，追随元稹而去，时年 74 岁，为他与元稹的友谊，彻底画下了一个看似遗憾，实则圆满的句号。

有唐一代，世人习惯将他俩合称为"元白"，尽管在元稹还活着的时候，元稹的名字一直排在白居易之前，但白居易却从来都不曾觉得这有什么不妥，反而用一颗真诚的心为后人阐释了什么才叫至死不渝的友谊，而元稹也用他的洒脱与天真，为我们诠释了什么才叫作一生一世的知己。

杜牧

风流只是我的一面

在唐代的文人中，说到风流浪荡，很多人就会想到杜牧。毕竟有诗为证，"十年一觉扬州梦，赢得青楼薄幸名"。当然，在唐代，风流并非贬义词，所谓风流才子，不风流还叫才子吗？

作为一名诗人，只要有一首诗能够传诵至今，便可名留青史。而杜牧的代表作实在太多了……

那么，这个为代表作太多而发愁的风流才子，有着怎样的人生故事呢？

相门无犬子

在唐朝的知名诗人中，杜牧的家世背景可以算第一流。和杜甫一样，杜牧的先祖是西晋大将杜预，但他们并非出自一支，杜甫还比他高了几个辈分。

杜牧的祖父杜佑是三朝宰相，妥妥的实权派人物。杜佑还是著名的史学家，他用了36年的时间编成了二百卷的《通典》，开创了中国史学史的先河。除此之外，杜牧的堂兄杜悰也做过宰相。

杜牧的父亲杜从郁是杜佑的第三子，曾当过太子司议郎、左拾遗等官职，虽然在仕途上的成就比不上杜佑，但也比一般官宦人家强了许多。

"城南韦杜，去天尺五。"出生在这样的家族，自是贵不可言。尽管杜牧本人一直沉沦下僚，但因为有着出色的家世替他背书，他的仕途比较顺利，没有遭遇过大的坎坷。

对于自己的家世，杜牧曾自豪地说："我家公相家，剑佩尝丁当。旧第开朱门，长安城中央。"意思是说，我家世代出高官，住在长安市中心的高门大院里。接着，他又说："第中无一物，万卷书满堂。"意思是说，我们杜家不但有权有势，而且是书香门第，家里别的没有，就是书多。

然而，杜家的兴盛没有继续延续下去。杜牧10岁的时候，祖父杜佑去世，家族的顶梁柱没了，但瘦死的骆驼比马大，杜家的日子还是好过的。不久，父亲杜从郁也去世了。至此，杜牧一家才算是真正衰败了。

祖父和父亲去世后，在8年的时间里，杜牧就搬了10次家，奴仆们因为饥寒交迫，死的死，逃的逃，家里甚至穷到连蜡烛都用不起、以野菜充饥的地步。

日子虽然过得艰难，但杜牧身上流的毕竟是世家贵族的血液，所以他根本就没有把贫困和窘迫放在眼里，一门心思都扑在了学业上。

杜牧自幼就很仰慕崇敬祖父的才华和学识，他也一直以杜佑之孙的身份而自豪，而这在他日后所作的诗文中亦多有体现。出生在诗书之家，积淀深厚的家学教育，也在他的成长过程中起到了潜移默化的作用。

尽管祖父去世后家道中落，但这个家族却沉淀了簪缨世家才有的文道传承，所以，杜牧依然在少年时期就以出众的诗才闻名长安。

杜牧出生于唐德宗贞元十九年（803年），当时大唐王朝已是江河日下，天子的政令几乎不能出京，国势一日日颓败下去，而藩镇割据以惊人的速度，消耗着帝国最后的生机。

在这样的时代背景下成长起来的杜牧，自然会生就一颗敏感的心。受宰相祖父杜佑的影响，杜牧在学习四书五经的同时，特别关心国家大事，尤喜研读兵书，一有时间，就开始琢磨如何治军打仗，对军事表现出了极其浓厚的兴趣。

在他少年的时候，当时的天子是唐宪宗。宪宗心怀天下，在位之际曾派兵讨伐藩镇势力，这也让杜牧看到了国家的希望与光明。心痒难耐之际，他居然还给《孙子兵法》写了十三篇注解，从小就表现出了安邦守国的志向。

后来，他还写过很多策论咨文，对领兵打仗的事颇有研究，而这从他日后写给当时的执政者李德裕的《上李中丞书》中的"治乱兴亡之迹，财赋兵甲之事，地形之险易远近，古人之长短得失"句子中，亦可一窥端倪。

毫不夸张地说，杜牧不仅仅是一个纸上谈兵的文人，他还是一个见识超凡的军事谋略家，虽终身都未曾亲临战场，却也做到了"运筹帷幄之中，决胜千里之外"。大政治家李德裕就因为采纳了他进呈的平虏之计，最终大获成功，给唐王朝带来了一次胜利。

有唐一代，军伍梦是大多数诗人都绕不过去的瑰丽情结，比如高适、王昌龄、岑参，他们都曾在大好年华选择参军，但遗憾的是，他们都不是真正意义上的军人，在军事方面也没有什么建树。唯独杜牧是正儿八经地研究过兵书，并将自己的军事主张运用到战争中去的。尽管他本人并未亲自带兵打过仗，历史也没有给他留下太多的军事发挥空间，但依然可以称得上是天纵奇才、文武双全。

汗牛充栋的家学典藏，为杜牧奠定了扎实的文学基础，让他拥有了惊人的文学天赋，但这并不影响他成为一个标准的爱国文人。博通经史的他，尤其专注于治乱与军事，在唐穆宗长庆二年（822 年），刚刚年届弱冠，便已经成了士大夫眼中的一流才子。

真正让杜牧名闻天下的，是他在唐敬宗宝历元年（825 年）写下的那篇洋洋洒洒、长达六百余字的《阿房宫赋》。

此赋一出便传遍了长安城的大街小巷，上至达官贵人，下到黎民百姓，无不对这篇文章拍案叫绝。

这篇赋不仅充分展现了杜牧在文学创作上的天分，更将他"位卑未敢忘忧国"的政治情怀表现得一览无余。可以说，从这一年开始，博览群书的杜牧，已然开启了长期占据大唐文坛顶峰的高光时刻。从此，23 岁的杜牧开始活跃于长安文化圈。

如果说《阿房宫赋》的横空出世，完美彰显了杜牧的政治倾向和治世理念，那么，作于两年后的《感怀诗一首》，则是杜牧对兵连祸结的乱世症结的又一次深度剖析，并让他从人们眼中的后起之秀，真正过渡到有着经世致用之才的国之栋梁。

面对满目疮痍的国土和陷于水深火热的老百姓，25 岁的杜牧，难抒心中的愤懑，于唐文宗大和元年（827 年），提笔写下了被后人称为"诗史"的抒情长诗《感怀诗一首》，不仅大胆地鞭挞了藩镇的跋扈，无情地揭露了朝廷的无能，更用春秋笔法为唐王朝描摹出了一幅西山落日图，表达了他空有壮志雄心却报国无门的苦闷与彷徨。

此诗向有"诗史"之称，与杜甫的《北征》、李商隐的《行次西郊作一百韵》鼎足而立，享有盛名，不仅奠定了杜牧在晚唐文坛的顶流地位，亦彰显了他人生的英雄本色。如果不是命运牵连，一辈子都沉沦下僚，想必他一定会奔赴沙场，成为力挽狂澜的国士，救万民于水火之中。只可惜，这世上从来就没有如果，让他青史留名的，不是戡乱平反，更不是建功立业，而是一篇篇活色生香的诗文。

曾几何时，血气方刚的他，终日以平定藩镇之乱、澄清天下为己任，但在碰了无数次壁、满鼻子灰后，却只能将一身的英雄情怀写进诗里，在诗的天地里纵横捭阖，在文字的江湖里去实现他的政治抱负。

据传，杜牧是个特别有个性的文人，向来自视甚高，我行我素，从无追随之意、模仿之心，所以他能在文学上取得出色的成绩，也不是偶然之事。在他写给某位权要的《献诗启》中，曾不无自得地说过："某苦心为诗，本求高绝，不务奇丽，不涉习俗，不今不古，处于中间。"意思就是说，他写诗，既不愿意参照前人的方法，亦不愿意跟随当下的潮流，谁都成不了他的榜样，那些流于习俗的东西他一点都不感兴趣，他只想跟着自己的心，走一条属于自己的路。

"既无其才，徒有其意，篇成在纸，多自焚之。"他是这么说的，也是这么做的，但凡写好却又不中意的文章，哪怕写的时候绞尽了脑汁，他也会毫不吝惜地一烧了之，绝对不会让它们流传于世，扰了他的清雅，也乱了别人的视听。

其实，杜牧根本就没有想过要成为一等一的才子、一等一的诗人。他一直都想学以致用，在仕途上有一番大的作为，即便不能出将入相，至少也要能建功立业，流芳千古，永垂不朽。

都说将门无犬子，他堂堂宰相之孙，自然也不能"太跌份"。所以，我们今天看他的诗，看得最多的，压根儿就不是什么"十年一觉扬州梦，赢得青楼薄幸名"这样的香艳之诗，而是大量脍炙人口的咏史之作，比如《泊秦淮》《赤壁》等。

泊秦淮

烟笼寒水月笼沙，夜泊秦淮近酒家。
商女不知亡国恨，隔江犹唱后庭花。

过华清宫绝句三首·其一

长安回望绣成堆，山顶千门次第开。

一骑红尘妃子笑，无人知是荔枝来。

赤壁

折戟沉沙铁未销，自将磨洗认前朝。
东风不与周郎便，铜雀春深锁二乔。

细细推敲杜牧的咏史诗，我们会发现，他诗句的字里行间，无不充斥着诙谐幽默的语气，甚至带着些许调侃的意味，既借古喻今，大肆讽刺朝政，对于很多时人常见的观点，又都摆出一副绝不苟同的架势，硬要说出一番自己的道理来。

比如大家都认为周瑜智谋过人，有着雄才大略，杜牧却在《赤壁》里写道"东风不与周郎便，铜雀春深锁二乔"，讽刺周瑜不过是一个幸运儿罢了。

在杜牧的咏史诗里，我们看到了一个精神抖擞的诗家才子，他满怀壮志，豪情万丈，如果给他一副盔甲、一把剑，想必他一定会赶赴沙场，冲锋陷阵，与敌人较量个你死我活，哪怕血溅轩辕，也决不退缩，决不言败。

遗憾的是，他一直没有机会出现在敌我交锋的战场上，所以只能用写文章的方式，来批评朝廷用兵之失。只可惜他虽有将相之才，却无将相之器，又因为生不逢时，在那样一个宦官专权、藩镇割据的时代，亦只能眼睁睁地看着他卓越的政治军事才能，一点一点地湮没于历史的洪流之中，终至不见。

华美的蜕变

作为大唐颇有名望的世家京兆杜氏的直系子孙，迈入仕途施展自己的政治抱负，自然是杜牧无法绕开的一条人生之路。

参加科举考试，是很多士人迈入官场的常规途径，但在实际操作中却并非如此。高门世家的子孙，并不一定要通过科举之路参政。事实上，唐朝多数官员都是靠特权进入官场的。这叫门荫入仕。只要父亲和祖父当官，那么后代就可以直接获得做官的初步资格（出身）。

杜家从杜牧的祖父杜佑开始，就是凭门荫得官。按理说，杜牧也完全可以通过这个途径迈入仕途，但自视甚高的他却不想被人说成是靠关系上位。既然才高八斗，为什么要靠门荫补官？唯有参加科举考试，才能证明自己的实力。

唐文宗大和二年（828年）二月，杜牧在洛阳参加科举考试，以第五名的成绩进士及第。同年闰三月，杜牧又赶回长安参加了制举试中的贤良方正能直言极谏科的考试，并以第四等及第，随即获授弘文馆校书郎、试左武卫兵曹参军的官职。杜牧终于有了一个好的起点。

《唐摭言·公荐》记载了一个关于杜牧高中进士的故事，很有传奇色彩。话说杜牧参加科举考试的那一年，礼部侍郎崔郾奉命前往东都洛阳主持进士科考试，临行前，百官公卿都跑到城门外摆好酒席替他饯行，车来人往，谈笑风生，异常热闹。就在众人酒酣耳热之际，柳宗元的挚友、太学博士吴武陵，也骑着一头老毛驴赶过来凑热闹。崔郾正喝得高兴，听说生性耿直的吴武陵也来了，感到非常吃惊，遂连忙起身迎接。

吴武陵见到崔郾后，二话没说，愣是把他拉到一边，拍着他的肩膀悄声说："你担负此任，乃是众望所归。我老了，不能为朝廷排忧解难，不如为你推荐一个贤士。前些日子，我偶然发现一些太学生情绪激昂地讨论一篇文章，走近一看，原来是这次要参加科举考试的士子杜牧所写的《阿房宫赋》。这篇文章写得特别好，杜牧这个人也非常有才华。崔侍郎你工作繁重，恐怕没有时间去阅读这篇文章，不如就让我为你诵读一下吧。"

说到这里，吴武陵便拈着胡须，字正腔圆地念起了《阿房宫赋》来。崔郾不听则已，听过后，也为这篇赋文深远的立意、成熟的笔法深深折服，连连称赞不已，同时从吴武陵手中接过他早已准备好的赋文，认认真真地从头到尾看了起来，竟到了不忍释卷的程度。

吴武陵则趁热打铁，要求崔郾在这次的科举考试中，将杜牧评为头名状元，以为朝廷延揽真正的人才。哪知道，崔郾顿时面露难色地望着吴武陵推辞说："杜牧的文章是好，也很有才华，只可惜这次的状元人选早就内定了，我改不了。"吴武陵听崔郾这么一说，遂想了一会儿，退而求其次地说："状元不行的话，就让他以第五名进士及第，可以吗？"见崔郾还在踌躇犹豫，吴武陵突然有点生气了，声音也渐渐拔高了几个度，瞪大眼睛觑着崔郾说："如果还不行的话，那就把这篇赋还给我吧，我倒要看看这次参加科举的士子中，到底还有没有人能写出比这篇赋更好的文章来！"崔郾知道吴武陵个性耿直，只好赔着笑连连答应："那就按照你说的办吧。"吴武陵也不客气，崔郾叫他一起喝酒他也不喝，当下便又骑着他的老毛驴，优哉游哉地离开了。

回到酒席上，给崔郾饯行的同僚们问他，吴武陵来做什么，崔郾只好如实回答说，他推荐了一个人为第五名进士。同僚们连忙追问是谁，崔郾回答说是杜牧。旁边立马有人接茬说："听说杜牧这人才气虽大，但品行不太好，举止轻浮，行为放浪，喜欢烟花风月，经常出入秦楼楚馆，还是不宜录取的好。"崔郾听罢，摆了摆手说："我既然已经答应他了，即使杜牧是个屠夫或卖酒的小贩，也决然不能改变了。"

这个故事想要说的，无非是杜牧之所以能够考中进士，是吴武陵替他到崔郾面前去争取来的。言下之意，就是说他是通过暗箱操作得来的进士头衔。但纵观杜牧在中进士前就已经取得的名望，以及他纵横的才气，即便没有吴武陵替他延誉，也是绝对担得起这"第五名进士"的荣耀的。

进士及第，杜牧内心的喜悦自是无法抑制，所以皇榜一经公布，他便立即在第一时间赋诗一首，充分抒发了自己的欣喜之情。

及第后寄长安故人

东都放榜未花开，三十三人走马回。
秦地少年多酿酒，已将春色入关来。

在洛阳高中进士后，杜牧又以优异的成绩于长安考中了贤良方正能直言极谏科，连中两元。

按照惯例，新科进士都要到曲江参加皇帝御赐的宴席。有唐一代，曲江是当时最繁华也最热闹的所在，尤其在春天，更是人头攒动，摩肩接踵。此时的杜牧，正是春风得意的时候，走到哪儿都神清气爽，顾盼生辉，一举手，一投足间，都尽显一个大唐才子该有的自豪与意气风发。

在参加曲江宴的过程中，他在附近的一个寺庙碰到了一位打坐的老僧，二人便有一搭没一搭地攀谈了起来。老僧问杜牧姓甚名谁，杜牧心想这长安城中谁人不知道我的大名，遂不无自得地自报家门。哪里知道老僧压根儿就没听说过他的名号，也不关心他的家世背景，对他连中两元更是漠不关心，表情一直很平静。

赠终南兰若僧

北阙南山是故乡，两枝仙桂一时芳。

休公都不知名姓，始觉禅门气味长。

老僧的举止态度，仿佛一盆凉水，兜头浇在了杜牧身上，让他感到万分的失落。但他在失落之后也迅即明白了一个人生道理，唯有平平淡淡，才是这个世界最本真的本质。

出身世家，贵为宰相之孙，又能如何？进士及第，连中制举，又能如何？在杜牧眼里，努力了这么久，终于步上了仕途，可在那位老僧的眼里，生死荣辱，无一不是过眼云烟，此刻就算秦始皇、汉武帝出现在他的面前，又有什么值得大惊小怪的？

到底还是他太年轻、太肤浅了些。功名利禄，荣华富贵，到头来，终不过是竹篮打水一场空，他读了那么多的圣贤书，为什么倒不如一个老僧参悟得透？

罢了罢了，且痛痛快快地吃一杯茶去吧！

一生最爱张好好

在弘文馆校书郎的职位上没干多久，第二年（829年），杜牧就被江西观察使沈传师辟召为江西团练巡官，并由此拉开了他长达十余年的幕府生涯的序幕。

沈家与杜家是世交，沈传师和弟弟沈述师都是名噪一时的文豪。他们不仅特别欣赏杜牧的才华，而且给予了杜牧非同一般的照顾与关爱。所以，杜牧在沈传师幕中的日子比较惬意。可以说，就是从这个时候开始，杜牧过上了纵情声色的放浪生活，他的诗也写得越来越出彩，越来越富有生活气息了。

在沈传师府中，杜牧要做的不过是些抄抄写写的琐碎事，剩余的时间都用来消遣，不是听歌，就是赏舞。一来二去的，他便跟沈府中刚买进来的一个小歌女混得稔熟了。

这个小歌女姓张名好好，杜牧刚认识她的时候，她还不满13岁，却是个天生的美人胚子，一颦一笑，都充满了妩媚的风情。

杜牧每次见到张好好，就会发出由衷的感叹。天下怎么会有长得如此好看的女子？艳而不妖，娇而不媚，清丽中透着鲜妍，俏皮中透着可爱，举止娴雅，温柔端庄，九天神女下凡也不过如此吧？杜牧心动了，但这么个可人儿，偏偏是沈府里的歌女，沈传师又怎会割爱呢？

杜牧还记得初见时张好好的模样。那天，在江边的滕王阁中，13 岁的张好好穿着一身翠绿的衣裙，仿佛一只拖曳着漂亮尾羽的凤凰，只一眼，就让他为之神魂颠倒。

为了让她一展曼妙的歌喉，沈传师特意准备了一场华丽的筵席，在座的全是当地的乡绅名流，大家谈笑风生，好不恣意。但随着她的出现，所有人的视线都被眼前这个叫好好的姑娘吸引住了。

正当满座宾客都惊艳于张好好的美丽而不能自已时，她却一甩长袖，紧接着便用她曼妙的歌喉，震惊了在座的人。滕王阁里响起了她雏凤般圆润的歌声，那歌声嘹亮而清澈，高亢而悠扬，即便琴弦都快要迸散，芦管都快要破裂，也还是压不住她那一声声悦耳的演绎，不一会儿便冲破楼阁，直穿云霄，袅袅不绝。

一曲唱罢，沈传师连连赞叹，称她这样亮丽的歌喉，别说是天下少有，即便在宫中也是难寻。为了奖励她出色的表演，沈传师还特地奖赏给她天马锦和水犀梳等珍玩，而杜牧却苦于囊中羞涩，只能赠予她一双痴情的目光和温柔的笑靥。

他的微笑，他看着她时那双熠熠生辉会说话的眼睛，也在她的心里生出了根，发出了芽，并报之以羞涩的莞尔一笑。他知道，这就是一见钟情，他爱上了她，她也爱上了他，就像所有才子佳人初邂逅的范本一样，他们无可救药地爱上了彼此。

从此，杜牧寻着各种机会一趟一趟地往沈传师府中跑。在衙门里抄写公文的时候，他写着写着，眼前便会浮现出张好好在龙沙洲欣赏秋浪、泛舟东湖的情景，他甚至开始妒忌起沈传师，妒忌他能够随时见到张好好。

那时那刻，杜牧眼中最美的风景，只有深居沈府的张好好，三天不见，就觉得隔了三年的时间，真正是度日如年，煎熬得厉害。

幸运的是，沈传师一直以来，都只把张好好当作一个小女孩看待，并没有对她生出任何非分之想。杜牧看到了希望，只等着合适的时机，就向沈传师开口，求他成人之美，把张好好赐予他，了却他这一番渴慕美人的心意。

哪知道这一等，就等到了一年后。这年的秋天，沈传师由江西观察使转宣歙观察使，杜牧亦随同赶赴宣州，张好好自然也跟着一起来了。但直到这时，杜牧还是没能找到合适的理由，向沈传师讨要张好好，便只好暂且按捺住性子。

此时，杜牧醉心于宣州的山水风光，终日不是流连在游山玩水的路上，就是穿梭在文字的江湖里，并用其满心的浪漫情怀，写下了一首首脍炙人口的名篇佳作，而佳作给他带来了更大的声誉。

然而，纵情于山水之中，并不能让杜牧转移对张好好的爱慕之情，而六朝的名胜遗迹，亦不能让他对张好好产生丝毫的忘怀。游宴的生活自是快乐逍遥的，但张好好也在日复一日的吹拉弹唱中，从一个满面娇羞的小姑娘慢慢长成了一个风姿绰约的少女。只可惜，他仍然只能与她刻意保持着距离。

沈传师走到哪儿，都会把张好好带到哪儿。大家都知道张好好是沈传师府中最出色的歌伎，都在揣测这样的妙人儿最后会花落谁家，而杜牧也一直在琢磨沈传师的心意，所以拖延到两年之后，还是没能鼓起勇气向沈传师表白他对张好好的心意。沈传师对杜牧有知遇之恩，杜牧怎么敢夺人所爱，用一己之私，唐突了恩公呢？

杜牧便打定主意：再等等吧，等张好好再年长一些，待他弄明白沈传师心里到底作何打算，再来向沈传师表白心迹，也不算太晚。谁知道，他可以等，别人却不愿意等。大和六年（832 年），沈传师的弟弟沈述师，竟然捷足先登，抢在他前头，纳张好好为妾，彻底绝了他这份心思。

风度翩翩、文采斐然的沈述师，迎娶了 16 岁的张好好，下的聘礼竟是贵重的碧瑶佩，迎亲的车子则是豪华的紫云车，而这一切，都是身为幕僚的杜牧给不了的。婚后的张好好，遵从丈夫的意愿，不再抛头露面，杜牧也失去了与她见面的机会，两人就此音信隔绝。

三年之后，也就是大和九年（835 年）秋，杜牧以监察御史的身份分司洛阳，在洛阳街头意外邂逅张好好。只不过这一次相遇，张好好已然不再是那个风华绝代的美艳歌女，而是一个当垆卖酒、蓬头散发的世俗妇人。张好好可是他杜牧心头的朱砂痣、眼里的白月光，为什么兜兜转转之后，她却从沈述师的爱妾沦落成了一个临街沽酒的妇人？这些年她到底遭遇了什么，为何竟落寞至此？

杜牧以为自己认错了人，没想到她真的就是张好好。尽管已经沦落为当垆卖酒的妇人，但仔细端瞧，她憔悴的面容之下，仍是难掩国色天香的美艳，依稀还是当年初见的模样。她出嫁的时候，他还天真地以为她找到了好的归宿，没想到，那个所谓的良人终究是辜负了她，竟让她一个人孤苦无依地飘零沉沦。

这让他心伤难禁。

早知如此，当初他无论如何都会鼓足勇气向沈传师坦诚自己对张好好的爱慕之情，只可惜，往事已矣，一切都来不及了。他只能无限怜惜地望着眼前那个风光不再的张好好，却是一句话都说不出来。该对她说些什么呢？安慰，还是自责？此时此刻，仿佛说什么都是错的，他只好默默地凝望着她，用眼神向她诉说内心的疼惜与无奈。

张好好望向他，嫣然一笑，依旧是当年娇俏可人的模样。

张好好主动打破了沉默："杜公子，你到底是所为何事，年纪轻轻的，头发和胡须就都白了啊？"怕杜牧尴尬，她又连忙接着问道："当日在洪州、宣州，结伴同游的那些人，现在都去了哪里呢？那些自由自在的日子，你还都记得吗？"

怎么会记不得呢？这不是明知故问吗？好好啊好好，你真的不知道我心里最记挂的，便只有你一个人吗？只是这一问，这一笑，杜牧的内心跟着就泛起了万千涟漪，久久都无法平静了。故人重逢，却早已不复初见时的那份美好，心中纵有万般酸楚，却又该如何低低地倾诉？物是人非，时过境迁后，他亦只好收拾起满心的惆怅，让往事浮于笔端，将过往的爱意以及今日的彷徨，都和着一声她听不到的叹息，在纸笺上化作一首长诗。

张好好诗

牧大和三年，佐故吏部沈公江西幕。好好年十三，始以善歌舞来乐籍中。后一岁，公镇宣城，复置好好于宣城籍中。后二年，沈著作述师以双鬟纳之。又二岁，余于洛阳东城重睹好

修篁筠馮生尾舟晚

蓮合附高閣停天半

琦江連碧唐工地試君

喟特使華蓮鋪之公

顏四座始許未蹈附吳

狂起引讚低個喚君語

農籟可高下瀽過

香羅稷晚三下要袖

一聲新鳳呼蟹結連

閑細賽出官引圓蘆

水秀朱珠述上疾雲

张好好诗　并序

牧大和三年佐故吏部沈
公江西幕好年十三始
以善歌舞来乐籍中
後一歳公镇宣城復置
好於宣城籍中後二年
沈著作述师以双鬟纳
之又二歳於洛陽东
城重觀好之感舊傷懷
故題诗赠之

● 唐·杜牧《张好好诗帖》（局部）

好，感旧伤怀，故题诗赠之。

君为豫章姝，十三才有余。
翠苗凤生尾，丹叶莲含跗。
高阁倚天半，章江联碧虚。
此地试君唱，特使华筵铺。
主公顾四座，始讶来踟蹰。
吴娃起引赞，低徊映长裾。
双鬟可高下，才过青罗襦。
盼盼乍垂袖，一声雏凤呼。
繁弦迸关纽，塞管裂圆芦。
众音不能逐，袅袅穿云衢。
主公再三叹，谓言天下殊。
赠之天马锦，副以水犀梳。
龙沙看秋浪，明月游东湖。
自此每相见，三日已为疏。
玉质随月满，艳态逐春舒。
绛唇渐轻巧，云步转虚徐。
旌旆忽东下，笙歌随舳舻。
霜凋谢楼树，沙暖句溪蒲。
身外任尘土，樽前极欢娱。
飘然集仙客，讽赋欺相如。
聘之碧瑶珮，载以紫云车。
洞闭水声远，月高蟾影孤。
尔来未几岁，散尽高阳徒。

洛城重相见，婷婷为当垆。

怪我苦何事，少年垂白须。

朋游今在否，落拓更能无。

门馆恸哭后，水云愁景初。

斜日挂衰柳，凉风生座隅。

洒尽满襟泪，短歌聊一书。

一对有情人，最终还是擦肩而过。自此后，杜牧与张好好便没有再见过面。

传说杜牧因抑郁而终后，已经嫁人的张好好听闻噩耗，自是悲痛得难以自抑，随即前往杜牧墓前拜祭。当她回忆起往日的缠绵与种种的无奈，更是悲伤欲绝，索性在杜牧的坟前了却了残生，同他一起共赴黄泉。

生不能同寝，死又不能同穴，但求携手一同走进另一个世界，这是张好好的悲哀，也是杜牧的悲哀，更是那个时代的悲哀。幸运的是，这段爱情，因为杜牧这首感人肺腑的长诗，得以延续了一千多个年头，在未能感动上苍的同时，却感动了无数的后来人，让所有读过《张好好诗》的人为他们唏嘘，为他们惋惜。

据说，《张好好诗》不仅文句写得才情纵横，而且是杜牧仅存于世的书法作品，其飘逸的行书墨迹，至今还收藏于北京故宫博物院中。

从书法的角度来看，全篇笔势放纵，风格雄健，转折处有孙过庭《书谱》之神韵，很有魏晋书法的古朴风度，此诗为杜牧赢得了书法家的美誉。

由此可见，爱情不仅成就了一个划时代的大诗人，同时也造就了一位伟大的书法家。有唐一代，能够以诗与书法一起名闻天下的，只有杜牧一人，这是何等的幸运，又是何等的荣耀！

扬州一梦，到死方休

大和七年（833年），沈传师回长安履职，杜牧则被淮南节度使牛僧孺举为推官，后又转为掌书记，负责节度使府的公文往来，正式开启了旅居扬州的风流生涯。

说到杜牧跟牛僧孺的交情，就不得不提到一个传奇女子，她就是《唐诗三百首》中唯一的女诗人，《金缕衣》的作者杜秋娘。

大和七年（833年）春，杜牧奉沈传师之命，去扬州拜访淮南节度使牛僧孺，经过金陵（今江苏省南京市）的时候，见到了年老色衰、孤苦无助的杜秋娘，因听其诉说平生，深感同情，便赋诗一首作为纪念，是为《杜秋娘诗》，在文坛上留下了一段佳话。

杜秋娘是一个传奇女子。她年轻的时候生得妩媚动人，能歌善舞，亦能吟诗作曲，15岁便写下了名噪一时的《金缕衣》。

金缕衣

劝君莫惜金缕衣，劝君惜取少年时。
花开堪折直须折，莫待无花空折枝。

镇海节度使李锜爱慕杜秋娘的才华，遂将其收为小妾。但好景不长，不久李锜起兵反叛朝廷，兵败被杀，杜秋娘则作为罪臣家眷没入宫廷为奴，在教坊司宜春院充当歌舞伎，继续发挥她的专长，给皇帝表演歌舞。

只因她生得太过标致，又兼才华横溢，很快，杜秋娘便以一曲《金缕衣》轻松俘获了唐宪宗的心。她被封为秋妃，专宠后宫。穆宗即位后，任命她为皇子李凑的保姆。因为这一任命，使她卷入了政治斗争中，最终在唐文宗大和五年（831年）被赐归故里——其实就是被撵回了金陵老家。

对这位晚景凄凉的才女，杜牧表示了莫大的同情。在诗的结尾，杜牧发出了"己身不自晓，此外何思惟"的感叹，一个男人尚且不能把握自身的命运，何况一个弱女子呢？

尽管我们不知道，杜牧在拜访牛僧孺的时候，有没有提过这个苦命的女子，但两个大才子聚在一起，聊到一个曾经璀璨若星月的才女，似乎也是情理之中的事，想必杜秋娘其人其事，便是他拉近跟牛僧孺距离的一个契机吧。

在扬州给牛僧孺当幕僚的日子里，杜牧开始过上了放浪不羁的生活，终日不是流连在秦楼楚馆，就是浪迹在烟花柳巷。

扬州是当时仅次于长安和洛阳的繁华都市，又因地处旖旎温柔的江南，多的是水灵美艳的曼妙女子，杜牧的那一颗心啊，也便跟着她们起伏连绵，载沉载浮。

杜牧一生共娶过两位妻子，结发之妻是朗州刺史裴偓的女儿裴氏。裴氏与杜牧情意相合，生了三个孩子，只可惜天妒红颜，裴氏因产后抑郁去世。

后来，杜牧在一次宴会上邂逅了出身于南陵名士之家的崔

● 元·周朗《杜秋娘图卷》（局部）

氏。崔氏貌美多姿且才情卓著，很快就将杜牧吸引住了。不久，杜牧便通过媒妁之言，让崔氏成了他的继室夫人。婚后，杜牧与崔氏十分恩爱，崔氏还为他生下了两子一女。

唐朝的文人雅士，素来喜欢狎妓和花酒，对歌姬舞女、名妓才女，往往趋之若鹜。在扬州，杜牧经常会和三两个知己好友，结伴同赴秦楼楚馆，去寻欢作乐、吟诗饮酒。情绪高涨的时候，杜牧会不吝笔墨地写诗赋文，据说他的众多名篇佳作，便是在这样的情境下一挥而就的。

山行

远上寒山石径斜，白云生处有人家。
停车坐爱枫林晚，霜叶红于二月花。

杜牧有种与生俱来的贵公子习气，向来喜好声色犬马、纵情歌舞的生活，偏偏命运又把他安排到了扬州这个纸醉金迷的地方。他的上司牛僧孺，因为担心杜牧的安全，每逢他外出游街的时候，就会派人暗中保护。久而久之，密报装满了整整一匣子。

据说，杜牧离开牛僧孺去京城当京官时，牛僧孺特地给他看了这些密报。杜牧顿生惭愧之心，并对牛僧孺感激不尽，从此也就死心塌地上了"牛党"的船。因为这个原因，后来"牛李二党"相争时，他一直为"李党"首领李德裕不容，并被逐出长安。

大和九年（835年），杜牧离开扬州，赶赴长安，旋即分司东都，前往洛阳任职。

尽管在扬州，他总共只待了不到三年的时间，但这个地方却给他留下了终生难忘的印象，特别是那些平素与他交好的女子，他真的是舍不得弃她们而去啊！无奈皇命难违，他只好含着万般的离情别绪，铺开纸笺，为她们写下了一首首香艳别致的诗篇，以为纪念。

赠别二首

一

娉娉袅袅十三余，豆蔻梢头二月初。

春风十里扬州路，卷上珠帘总不如。

二

多情却似总无情，唯觉樽前笑不成。

蜡烛有心还惜别，替人垂泪到天明。

走了，姑娘们，他真的要走了。这一别，不知何年何月才能相聚，唯愿姑娘们与他彼此珍重。或许，只要有缘便能够千里来相会，只是到那个时候，她们大概都已被岁月催老，而他也早就两鬓斑白了吧？

同年十一月，长安城爆发了惨绝人寰的"甘露之变"，大批官员遭到牵连惨死，本就千疮百孔的大唐朝局，再度陷入风雨飘摇的处境，而杜牧却因为身居洛阳，侥幸逃过了一劫。

从这时起，杜牧对政治彻底地死心了，曾经的那个喜欢流连于烟花柳巷、四处吟风弄月的杜牧，又悄然回到了人们的视线中。

　　风流被才华加持的结果就是，在那些浓情蜜意的风月时刻，随口一念，便能吟诵出传颂千年的名篇佳作来。他为宫女而歌，于是便有了缠绵悱恻的《秋夕》；他思慕着远在扬州的知交故友，于是便有了《寄扬州韩绰判官》。

秋夕

银烛秋光冷画屏，轻罗小扇扑流萤。
天阶夜色凉如水，卧看牵牛织女星。

寄扬州韩绰判官

青山隐隐水迢迢，秋尽江南草未凋。
二十四桥明月夜，玉人何处教吹箫？

　　开成二年（837 年），杜牧应宣徽观察使崔郸之请，被辟召为宣州团练判官，再次来到他初为幕僚时到过的宣州。开成四年（839 年）冬，杜牧又一次离开宣州，回长安任职左补阙、史馆修撰。第二年，杜牧升为膳部员外郎。这短暂的几年时间，他倒也算活得潇洒落拓。

　　会昌元年（841 年），杜牧调任比部员外郎，前途一片光明。哪知到了第二年，就因为受到宰相李德裕的排挤，被外放为黄州刺史。官阶虽然有所提升，但实际上不过是明升暗降，被远迁至权力中心之外。

　　杜牧与李德裕本是世家之交，关系也还不错，但因为杜牧曾做过"牛党"领袖牛僧孺的幕僚，与牛僧孺交情匪浅，出于党争派别的不同立场，李德裕当然不会把杜牧安插在自己身边。

　　外放黄州便外放黄州吧，反正那时那刻的杜牧，已经对昏聩黑暗的朝政不再寄予任何希望，把他安置到哪里都是一样的。

　　在黄州刺史任上干了3年，杜牧为老百姓做了很多好事，把黄州治理得井井有条。他尊崇孔子，不仅扩建了孔庙，还将其更名为"文宣庙"。

　　会昌四年（844年）秋，杜牧迁池州刺史。在池州任上，杜牧写下了妇孺皆知的传世名篇《清明》，由此奠定了他在晚唐诗人中的巅峰地位。

　　后来，杜牧又被迁为睦州刺史，短短的七年时间，走马灯似的接连换了好几个地方，直到宣宗大中二年（848年），才在宰相周墀的帮助下，担任司勋员外郎、史馆修撰。

　　外放的这些年里，杜牧忘记了很多事情，唯独没有忘记扬州。世人都说长安好，但杜牧从来都不这么看，在他心里，唯有扬州才是他的梦乡，那丝丝缕缕的温柔，即便历经了无数的沧桑变幻，他也没有一丝一毫的忘却。

遣怀

落魄江湖载酒行，楚腰纤细掌中轻。

十年一觉扬州梦，赢得青楼薄幸名。

大中三年（849年），因京官俸禄太低，难以养家，杜牧遂请外放杭州刺史，但没有得到朝廷的批准。

大中四年（850年），杜牧再次被擢升为吏部员外郎，但他仍多次请求外放湖州，接连上了三道奏章，才最终如愿以偿，得到了湖州刺史的职位。然而，仅仅过了一年，他又被召入朝堂，升为考功郎中、知制诰，不久又迁为中书舍人。

可这个时候，杜牧已经无心流连于朝政了，他压根儿就不想再折腾了，索性撇开政务，重新整修了祖上的樊川别墅，并时常在这里以文会友，好不尽兴，故世人又称其为"杜樊川"。

在樊川别墅闲居的这段日子，因为身体一直抱恙，除少数亲友外，便不再与旁人往来。意志消沉中，他给自己提前写好了墓志铭，说自己"某平生好读书，为文亦不出人"。

在生命余下的时光里，病入膏肓的杜牧终日闭门不出，只到处搜罗自己从前写成的诗词文章，将不满意的，通通放入火中付之一炬。据说，侥幸留存下来的杜牧作品，只占他平生所作文章总量的十之二三，后都交由他的侄子编撰成《樊川文集》。

大中六年（852年）冬天，帝都长安近郊的樊川别墅里，杜牧挣扎着从榻上坐起，注目望向遥远的扬州，往日的豪气干云、狂狷不拘，慢慢化作了此生的意难平。

扬州在哪里呢？在遥远的南方，还是在他心里？知天命的杜牧，终究还是凋零在那个万物萧瑟的冬夜里，只是溘然长逝的他却永远都不知道，彼时彼刻，大唐的丧钟亦已随着他的逝去，在亘古的天地之间，悠悠地敲响了。

● 唐·阎立本《步辇图》（局部）

李商隐

所有的爱都错过

在整个唐代，刻意追求意境臻美的诗人为数不多，而李商隐是其中之一。他的诗构思新奇，风格秾丽，尤其是一些爱情诗和无题诗，更是写得缠绵悱恻，优美动人，广为传诵，但部分诗歌如《锦瑟》，则写得过于隐晦迷离，难于索解，至有"诗家总爱西昆好，独恨无人作郑笺"之说。

有人说，没读过李商隐，便不懂得世间情为何物。后人解读李商隐，总在恣意揣测他的诗是为谁而写，但或许，他的诗作其实根本就没有叙事对象，而只是关乎一个人的孤独离愁，就像在寂寞中舞蹈，懂的便是懂了，不懂的还是不懂。

生命中的"贵人"

认真推敲起来，李商隐的出身还不错，父亲是官员，祖上还与李唐皇室同宗，就算无法享受荣华富贵，日子过得应该也还不错，但为什么后人一说起他，就要讲出一番"身世坎坷，遭逢不幸"的话呢？

李商隐的高祖父李涉，曾担任过美原县令；曾祖父李叔洪，19岁登科进士，位终安阳令；祖父李俌，位终邢州录事参军；父亲李嗣曾任殿中侍御史，李商隐出生时，正在获嘉县令任上。

李商隐的家世虽然算不上显赫，但好歹也是官宦世家，比上不足，比下有余，总要强过普通老百姓许多。可偏偏天不遂人愿，在他不到10岁的时候，父亲突然得了一场急病去世了，他的好日子也便到头了。

李嗣是个清官，家中儿女甚多，每个月的俸禄都只够养家糊口，也就没有积蓄。所以，李嗣一死，整个家就垮了。

李嗣去世后，家中的重担就落到了李商隐母亲的肩上。孤儿寡母，又缺了赖以生存的收入来源，生活实在是难以为继。无奈，李母只能带着孩子返回河南老家，依靠亲友的接济度日。作为长子，李商隐在读书求学的同时，早早挑起了家庭的重担，小小年纪便已为了生存吃尽了苦头，受尽了白眼。

因为母亲终日为生计奔波忙碌，李商隐渴望得到的关心和爱护变得越来越少，身上背负的压力却越来越大，这让他逐渐变得内向、敏感而怯懦，做什么都小心翼翼。他不擅长与人交流，也不太懂得怎么跟人相处，心中充满了孤独感。但与此同时，他又极度渴望与外人接触，得到他人的认可。

　　贫穷与困境，可以让一个人的心智迅速变得成熟。然而，命运并没有全然放弃这位才子，在贫瘠而艰难的岁月里，上天让李商隐遇见了族叔李处士。李处士曾在太学念过书，眼下却隐居在乡野，很愿意教他学问。李处士的出现，直接改变了李商隐的命运。

　　这位没有在典籍上留下名字的李处士，在经学、古文、书法等方面皆具备颇高的造诣。他就像一场及时雨出现在李商隐的生命中，尽心尽力地把自己所学到的知识，无一遗漏地传授给李商隐，着实称得上是李商隐人生中的第一个"贵人"。

　　对李商隐来说，唯一能改写命运的途径就是读书。从跟着李处士求学开始，李商隐的心中便点燃了一颗与命运抗争的火种。虽然连温饱都成问题，但他坚信，只要自己肯下功夫，就一定能迎来光明的前程。

　　李处士虽学贯古今，但却因为受到韩愈、柳宗元等文坛大家的影响，非常讨厌自南朝以来就流行于世的骈文，而李商隐在跟随他学习的过程中，亦潜移默化地接受了这一思潮的熏陶，也是厚古薄今，到 16 岁时，便因擅长古文而远近闻名，以至于他开始准备闯荡文坛，在文字的江湖中有一番作为的时候，依然是"能为古文，不喜偶对"。

　　所谓"偶对"，便是指骈文，又称"四六体"，讲究对仗和辞藻。唐朝时，虽然韩愈、柳宗元、白居易等人一再倡导"古文"，但当时科举应试的文章和奏章公文的写作，却仍以骈文为主。也就是说，骈文在当时居于社会主流地位，可李商隐偏偏不喜欢又不擅长这种文体，给他的仕途带来了一定的影响。

　　因为对骈文的厌弃，李商隐在向学界名流们投递干谒文的时候一度遭到各种冷遇。怎么办？他想到了对策，既然达官贵人们都喜欢骈文，那就迎合主流社会的需要，从头开始学习骈文好了。

16 岁那年，李商隐写出了让他名声大噪的《才论》和《圣论》两篇文章。一年之后，他随母举家迁居洛阳，结识了白居易、令狐楚等德高望重的文坛前辈。

唐时的洛阳，是仅次于长安的城市，因为唐皇室实行东西二京制，所以洛阳匹配有和长安一样的政府班子，朝廷官员年老后都会来洛阳过渡到致仕，这些人虽然在政坛上逐渐失势，但他们的威望和影响力、关系网都还在，年轻的士子如果能够得到他们的赏识和举荐，对前程还是大有帮助的。

别看李商隐年纪小，第一次来洛阳的时候还不到 17 岁，但因为多年困顿生活的磨砺，他的心智比同龄人成熟了很多，所以甫一人东都，还没有来得及安顿好新家，他就拿着自己的文章到处拜谒达官名流，既希望得到对方的认可与指点，更希望得到他们的赏识与推荐。

很快，李商隐便遇到了他人生中的第二个"贵人"白居易，给他的人生带来了重大转折。

据传，白居易很是称赏李商隐的才气，在阅读了他的文章后，逢人就感慨说："此人乃是文曲星下凡，我要去投胎当他儿子。"要知道，当时的白居易已经年近花甲，在晚唐诗坛是绝对的执牛耳者，却要给一个初出茅庐的毛头小子当儿子。一时间，街头巷尾都将其传为笑谈，就连李商隐本人在听说了这种传闻后，也连连惊呼"当不起，当不起"。

从这个传闻中，我们多多少少可以窥见，当时的李商隐绝对是一个很有影响力的文坛后起之秀。

除了白居易，当时的文坛领袖令狐楚也对李商隐赞誉有加，并给了他很多实质性的帮助。

令狐楚是三朝元老，曾当过宰相，当时担任东都留守，也就是洛阳的最高长官。能得到他的赏识，是无数文人求之不得的幸事。

令狐楚十分欣赏李商隐的才气，不仅对他十分器重，而且特别怜惜他，甚至把他留在自己身边，亲自教导他如何写好骈体文，以备将来应对章奏之需。

知道李商隐的家世背景和家庭现状后，令狐楚特地拿出一部分俸禄，解决了他的养家之忧，还破天荒地让自己的儿子令狐绹跟他往来交游，给了他极高的荣宠与礼遇。

李商隐学有所成后，为了给他一份更加稳定的生活，令狐楚索性聘其入幕为巡官，先后带着他一起驻守过郓州、太原等地。这个时候，李商隐的身份已经变成了令狐楚府中的幕僚。

令狐楚不仅教李商隐写时下流行的骈体文，还给了李商隐一份体面的工作，说恩同再造一点也不为过，也难怪李商隐日后逢人便说自己是令狐楚的传衣弟子。可以说，没有令狐楚，就不会有后来的李商隐。

令狐楚对李商隐到底好到了什么程度呢？据相关史料记载，令狐楚每当听到有人夸奖李商隐，就会欣喜若狂，满面春风，若是听到有人诋毁李商隐，则会瞬间变脸，甚至还要大发一通雷霆。就算是父子情谊，焉能到此地步？由此可见，令狐楚对李商隐着实是偏爱有加，而他在文学创作上对李商隐的指点，更是远远超过了自己的亲生儿子令狐绹。不得不说，这是一种难逢的缘分。

据传，令狐楚在临终之前曾留下两个遗愿，而这两个遗愿都与李商隐有关，一是指定李商隐给皇帝写谢恩表，二是指定李商隐写自己的墓志铭。在文宗泰斗令狐楚的心里，当今之世，文章能够写得入他法眼的，仅李商隐一人而已，所以，他身后的两篇最重要的文章，也必得李商隐来写。如此，他才能安心去世。

李商隐的文章之所以写得好，令狐楚的功劳不小。当初，李商隐拿着古文来干谒令狐楚的时候，尽管擅长的文体不同，但令狐楚第一眼就看出，他是个可塑之材。他语重心长地告诉李商隐，古文虽好，但若想在科举乃至仕途上有所作为，还是要重视骈文。从此之后，他亲自指导李商隐写骈文。很快，李商隐的文学水平得到了突飞猛进的增长，骈文更是可以与令狐楚平分秋色。

眼见李商隐日益精进，令狐楚内心十分欣慰。他阅人无数，见过的才子更是多如过江之鲫，但真正能让他心悦诚服并愿意一路提携的，只有李商隐。而李商隐也确实没让令狐楚失望，由他代笔的公文奏章，无不写得绮丽而妥帖。

"乘运应须宅八荒，男儿安在恋池隍"，李商隐在早年写下的诗中，就已经立下了鸿鹄之志，他想要考取功名，建功立业，实现自己的政治抱负。但遗憾的是，李商隐的运气好像总是欠缺了那么一点，明明有文坛领袖令狐楚为他指导，可他的仕途却并不顺畅。从唐文宗大和四年（830年）开始，他连续参加了四次科举考试，却都落榜了。

是他的文章写得不好吗？是他的才气不够吗？很显然都不

是。大和四年的科举考试，与他有着兄弟情谊的令狐绹却一考即中，这多多少少让李商隐感到失落与尴尬。落第的真正原因，就是他在朝中没有任何的背景，哪怕有令狐楚这样德高望重的前辈替他延誉，主考官依然没有把他放在眼里。

晚唐时期的政局混乱，藩镇割据、宦官掌权、朋党之争让朝廷乱成了一锅粥，科举考试自然也无法做到公平公正，世族大家的子弟只要识字便能考上进士，但像李商隐这样的寒门庶子，在主考官眼里，不过是令狐楚手下的一个秘书，人微言轻，自然也就被淘汰了。

李商隐并没有气馁，他坚信，是金子就总有发光的一天。然而，随着失败次数的增多，他渐渐开始心生不满，将大和七年（833 年）参加科举试时没有录取他的考官，比喻成阻挠他成功的小人："薄俗谁其激，斯民已甚桃。鸾皇期一举，燕雀不相饶。"

大和七年（833 年），令狐楚从太原调回长安任吏部尚书。此后的数年时间，李商隐一直隐居在济源县玉阳山学道，但心心念念的依然是科举功名，并未曾想过要就此闲云野鹤地度一生。

开成元年（836 年），李商隐给令狐绹写信说："尔来足下仕益达，仆固不动。"大哥你官运亨通，我却依然原地踏步。失落之情溢于言表。他太需要一份正儿八经的官职了，因为他要赡养母亲、抚养弟弟妹妹，所以他的压力一直都很大，如果还不能出仕，他真的会被逼疯的。

开成二年（837 年），25 岁的李商隐参加第五次科举考试，因为令狐绹多方替他奔走打点，这一次，他终于高中进士。

　　但考中进士，只是拿到了官场的入场券，并不能马上就当官。接下来，李商隐还要参加吏部选拔官员的考试，如果通过了，则要安心等候，有时一等就是几年；如果没有通过，就要接着再考。如此看来，要真正步入仕途，领到一份可以安家立业的俸禄，还真不是一桩容易的事。但只要令狐楚、令狐绹父子肯照拂他，迈入仕途并不是一件难事。

　　初入幕府，令狐楚并未把李商隐当作一个普通幕僚看待，也未曾让他泡在公文奏章里打转，而是亲自教他学写骈文，执意要把他培养成顶尖的才子。

　　李商隐名义上的身份是令狐楚的幕僚，实际上却是他的学生——领着薪水不工作只学习的幕僚。所以，李商隐一生都非常感念令狐楚的恩德。

　　其实，早在李商隐考中进士的前一年，令狐楚就已经因为厌恶宦官擅权，多次上疏请求解职，并最终充任山南西道节度使，虽然暂时告别了权力中心，但在皇帝跟前还是说得上话的。

　　按理说，李商隐高中进士后，只要令狐楚肯动用手上的权势再拉他一把，想要获得一官半职轻而易举。然而，当年冬天，令狐楚却突然病逝了。令狐楚的死，无异于一记惊雷。李商隐敏锐地意识到，自己的好日子到头了。

　　众所周知，令狐楚与权宦仇士良关系不睦。令狐楚在世的时候，仇士良给他几分薄面，令狐楚一死，他又如何会让令狐楚的得意门生李商隐顺利迈入仕途呢？

　　所有的憧憬，都随着令狐楚的去世，化作了泡影。一切都在朝着李商隐预料中的态势，不可逆转地发展着。

兄弟反目

开成三年（838年）春，料理完令狐楚的丧事后，李商隐便辞别了令狐绹兄弟，回长安参加吏部举办的博学宏辞科的考试。但正如他先前所料，他毫无悬念地被淘汰了。

李商隐的情绪低落到了极点。他真的不明白，这个世道为什么总是对他如此残酷、苛刻？他不过是想找到一份安身立命的差事，养活自己和家人，怎么每到关键点就过不去这道坎呢？

为了解决残酷的生计问题，他只好以进士的身份，进入泾原节度使王茂元的幕府，再次干起了他的老本行——幕僚。

然而，这次选择却让令狐绹对他产生了非常大的意见，最终导致两人彻底决裂。造成这一局面的原因，则是"朋党"二字。

唐朝中晚期，朝廷内朋党之争有着愈演愈烈之势，以牛僧孺、李宗闵等为领袖的"牛党"，与以李德裕、郑覃等为领袖的"李党"之间，斗得风生水起、你死我活。

在这样的政局中，身居朝堂的官员们，都会不由自主地被迫站队，要么选择支持"牛党"，要么选择支持"李党"。想要两边都不站，那是绝对不可能的，没有明确站队的人，不但没有人会帮你，反而会被排挤出去。

"朋党之争"前前后后持续了四十年左右，影响深远，而李商隐考中进士的这段时期，正是两党斗争最白热化的阶段。

令狐绹和李商隐之所以决裂，主要的症结都集中在了令狐楚和王茂元二人身上。

令狐楚生前属于"牛党"的中坚分子，他的儿子令狐绹更发展成了"牛党"的领袖之一，而李商隐投奔的泾原节度使王茂元，却是"李党"阵营的人，尽管王茂元本人跟"李党"走得并不近，但在令狐绹眼里，李商隐选择到父亲的敌对阵营出任幕僚，就是对令狐楚和他的背叛。在这一点，他是绝对不能原谅李商隐的。

"牛李"二党水火不相容，这是天下人尽皆知的事情，多年来长期接受令狐家恩惠的李商隐，怎么能跑到王茂元那里当幕僚呢？令狐绹根本不会去想李商隐只不过是为了养家糊口，情非得已之下，才选择了投奔王茂元，他想到的只是背叛与不忠，自此，便把李商隐永远地钉在了"小人"的耻辱柱上。

在令狐绹的理解里，站错了队，就是要付出代价的。无论如何，是令狐楚在李商隐最困难的时候收留了他，不仅解决了他一家十几口人的温饱问题，更亲自指导他学习。这份恩德，李商隐应是永远不会忘记，可他是怎么回报令狐家的呢？令狐楚才刚刚去世，尸骨未寒，李商隐就迫不及待地转投"李党"成员王茂元的门下，这不是忘恩负义又是什么？

另外，若不是他令狐绹多方替李商隐奔走、打点关系，调用所有人脉来替他帮忙，他一个没有任何背景的低级幕僚，又怎么可能顺顺当当地考中进士呢？

一句话，李商隐就是个忘恩负义的无行小人。在朋党之争趋于白热化之际，作为"牛党"成员的令狐绹，因李商隐投奔王茂元的事而恼羞成怒，也是可以理解的。毕竟，给谁当幕僚不都是一样当，朝堂之中的"牛党"成员比比皆是，为什么非要投入"李党"成员的麾下呢？

李商隐也有难言之隐。尽管令狐一家待他不薄，可令狐楚一死，他便失去了靠山，而令狐绹当时也不过只在朝廷里当了个无足轻重的小官，没办法把他安排到自己身边，所以他必然要自谋出路。偏偏就在这个时候，王茂元向他抛出了希望的橄榄枝，为了生存，为了让家人吃饱穿暖，他又有什么理由把这份好意拒之门外呢？

一切都只是为了活着。打小在苦水里泡大的李商隐，只是想要谋一份赖以生存的差事，不让自己和家人再像从前那样忍饥挨饿，根本没考虑什么"牛党""李党"之争，更不会去琢磨令狐绹的立场。所以，当王茂元向他发出邀请之际，他想也没想就跟着王茂元一起去了泾州。

如果他只是去泾州给王茂元当个幕僚也就罢了，说不定等令狐绹气消了，这事也就过去了。可人算不如天算，才华横溢的他，很快就得到了王茂元的认可和赏识。更难能可贵的是，王茂元居然还打破了尊卑关系，把女儿王晏媄嫁给了他，给予了他最高的礼遇与恩宠。可这么一来，成为王茂元乘龙快婿后的李商隐，便彻彻底底地被令狐绹视作了眼中钉、肉中刺，二人濒临破碎的兄弟之谊，就再也没了回旋的余地。

给王茂元做幕僚也就罢了，居然还高枕无忧地当起了王茂元的女婿，这难道还不是在向身为"牛党"分子的令狐家族发起挑衅吗？令狐绹越想越生气，这个李商隐，就是个不折不扣的势利小人，眼见得令狐楚一死，令狐一族迅即失了势，他就背叛恩主，给自己找了一个更好的主子，如此不忠不义之徒，倒不如从来都没有认识的好。

有唐一代，尽管朝野风气开化，逛窑子、喝花酒，多讨几个小老婆，养一堆家伎，都不是问题，但忘恩负义、背叛旧主这事儿可就了不得了，绝对是一大污点，所以史书都给李商隐下了一个"无行"的定论。

给王茂元当幕僚，只是他养家糊口的权宜之计，能够娶到恩主的女儿为妻，则是意外之喜，怎么能简单地以党派的不同来给他下断语呢？罢了罢了，说他忘恩负义便忘恩负义吧，只要他自己心里知道他没有就好，至于令狐绹怎么想，天下人怎么想，就由不得他了。

随着毁谤他的声音越来越多，血气方刚的李商隐终于按捺不住，默默登上了泾州古城楼，写下了表达壮志雄心的《安定城楼》。他以西汉的贾谊自拟，对妒忌中伤自己的人发表了一通慷慨激昂的宣言。

唐文宗开成四年（839年），身陷两党之争漩涡之中的李商隐，再次参加了吏部的授官考试。兴许是得到了岳丈王茂元的帮助，他不但顺利通过考试，还如愿以偿地谋取到了秘书省校书郎的职位，不久被外放到弘农县当县尉。

尽管县尉与校书郎的品级差不多，但因为是外官，远离权力中心，使得李商隐无法施展政治抱负。所以，对这样的安排，他很是失望。但即便心里有再多的憋屈，也只好先放在一边，竭力做好本职工作。

在弘农县尉任上，兢兢业业的李商隐，因为替一个蒙冤的死囚喊冤，受到上司孙简的责难，这让他感到特别的委屈和愤懑。忍无可忍的他，最终以请长假的方式，向朝廷提出了辞呈。

就在李商隐准备辞官之际，孙简竟然被调走了。新上司姚合很欣赏李商隐的才华，便设法缓和了紧张的局面。在姚合的劝慰下，李商隐勉为其难地留了下来。

　　然而，弘农县这个小小的衙门，根本就装不下李商隐的雄心壮志，他对这份差事已经彻底失去了耐心。开成五年（840年），他再次提出了辞呈，并很快得到了上司的批准。

　　离开弘农县后，李商隐在家差不多赋闲了两年，于唐武宗会昌二年（842年），以书判拔萃复入秘书省为正字。尽管这次获授的官职，比之前的校书郎还要低了一级，但好歹是回到了京城，如果在这个位置上踏踏实实地干下去，再加上妻子娘家的助力，升迁也不过是时间上的问题。可偏偏就在这个节骨眼上，洛阳家中突然传来了母亲去世的噩耗。

　　身为家中长子的李商隐，跟母亲的感情特别深厚。母亲的死，给他的心造成了毁灭性的打击。

　　处理完母亲的后事后，按照惯例，李商隐要回家为母守孝三年，而这便也意味着已经年届而立的他，不得不放弃跻身权力阶层的最好的机会。

　　这次变故，在情感、仕途上给予了李商隐双重打击。他在家守孝的三年，正是"李党"在政治舞台上最为活跃辉煌的一段时期，如果这个时候他仍在朝堂，势必会得到"李党"的扶持，进而飞黄腾达，实现他一直以来的政治抱负。只可惜，他的运气差了那么一点点，错过了一次大展宏图的机会。

　　屋漏偏逢连夜雨。母亲去世还不到一年，会昌三年（843年），李商隐的岳父王茂元在平定叛乱的时候病亡了。王茂元的去世，让李商隐的处境变得更加艰难，而他想要在朝堂之中取得一席之地的愿望，也跟着变得越来越渺茫了。

　　会昌四年（844年）暮春，李商隐自关中移家永乐；会昌五年（845年）冬，守孝期满的李商隐服阕入京，仍为秘书省正字。此时，以宰相李德裕为首的"李党"，仍是朝堂之上绝对重要的政治力量，而被时人目为"李党"成员的李商隐，也在期待着被重用的那一天。但遗憾的是，几个月之后，唐武宗去世，唐宣宗李忱即位。李忱掌握实权后，立即着手推翻了武宗在世时实行的大部分政策，并把矛头对准了他尤其厌恶的李德裕。曾经权倾一时的宰相李德裕及其支持者，迅速被排挤出权力中心。而在宣宗本人的支持下，以白敏中为首的"牛党"新势力，逐渐占据了政府各个重要位置。

错过了李德裕执政的大好时期，重新回到朝堂的李商隐，不得不去面对"李党"骤然失势的局面。所有的期盼与等待，亦都在转瞬间化成了镜花水月的幻梦。

这一年，李商隐的儿子李衮师出生，也就是传说中那个被时人开玩笑说作是白居易再世的孩子。儿子的降世，让李商隐低落的心绪，透出了那么一点点的亮色，但整体来说，他仍是受到"牛党"成员排挤的异己分子，日子自然不好过。与此同时，他的堂弟李羲叟却顺利考中了进士，这让他日趋晦暗的面庞上，终于勉强挤出了一丝兴奋的笑容。

既然"牛党"成员并未为难堂弟，说明他们也没有打算把事做绝，这无疑又让李商隐从不太明朗的时局中看到了一丝希望。然而，也就在这个时候，李商隐犯了仕途上的一个大忌，他竟然为已经遭到贬黜的李德裕的文集《会昌一品集》写序，且在文中大肆赞颂李德裕是"万古良相"，为失势的"李党"成员摇旗呐喊。

尽管如此，因为李商隐在朝中的职位，几乎低得不值得在权力斗争中被排挤，所以他仍然得以留在秘书省正字的位置上苟活。可放眼望去，朝堂之上尽是"牛党"成员，他的日子自然好过不到哪里去，那些反感敌视他的人要整个"小鞋"给他穿穿，简直太易如反掌了。

终日郁郁寡欢不得志的李商隐，对自己的升迁之路已不再抱有任何信心，并最终决定离开这个是非之地。唐宣宗大中元年（847 年），他接受了"李党"成员桂管观察使郑亚的邀请，跟着对方一起去了数千里之外的桂林。

郑亚的这次南迁，是"牛党"大肆清洗"李党"成员计划中的一部分，李商隐愿意跟随一位被贬谪的官员前往蛮夷之地，则表明了他同情李德裕一党的态度。由此，在"牛党"成员的眼里，他身上便又背负了一条无可宽宥的罪状。在桂林待了不到一年的时间，郑亚再次遭到打压，被贬为循州刺史，李商隐无处可去，又失去了赖以生存的差事，只好灰头土脸地回到了长安。

李商隐虽然是"李党"成员，但是在仕途上却从来都不曾得到"李党"的重用，而在"牛党"成员看来，李商隐就是一个肮脏龌龊的无行小人，不仅不肯援引他，甚至经常当面羞辱他。万般无奈之下，李商隐只好把已决裂多年的令狐绹当作了最后的救命稻草。

李商隐鼓起了勇气，拖着疲惫不堪的身子，在重阳佳节那天，来到了令狐绹的府上。

其时，在朝堂中任职右司郎中的令狐绹，已经成为"牛党"党魁之一，妥妥的实权派人物。如果能够得到他的理解与体谅，想必李商隐今后的仕途肯定会好走很多，所以，即便是冒着被令狐绹赶出去的尴尬，他也只能硬着头皮前往。

在此之前的会昌五年（845年）秋，李商隐在洛阳赋闲的时候，也曾给令狐绹寄赠过一首诗，在叙述旧情的同时，委婉地表达了对令狐绹的崇敬与仰慕，意图重修旧好，但并未得到对方的任何回应。

现为了养家糊口，李商隐不得不再次上狐绹的门。可当他厚着脸皮赶到令狐府上的时候，很不巧的是，令狐绹居然不在家。于是，他在待客室的墙壁上挥笔题写了一首诗，表达了自己的怨望之情。

九日

曾共山翁把酒时，霜天白菊绕阶墀。
十年泉下无消息，九日樽前有所思。
不学汉臣栽苜蓿，空教楚客咏江蓠。
郎君官贵施行马，东阁无因再得窥。

令狐绹其实就是躲着李商隐不想见他，这一点，李商隐自是心知肚明。为了生存，他只好在诗里请求令狐绹看在往日的情分上，给他和家人一条活路。没想到令狐绹在他走后看到这首题诗后，简直愠怒到了极点，要不是因为他的诗中嵌进了一个"楚"字，为避令狐楚之讳，令狐绹早就下令要把这面墙给全部铲了。

令狐绹到底有多讨厌李商隐呢？据说，令狐绹当即就命令仆役将那间待客室给反锁上了，终其一生，都没有再进过那间屋子。

不过，恨归恨，厌归厌，令狐绹最终还是念在旧情的份上，给了李商隐一个盩厔县尉的小职位。具有讽刺意味的是，十年之前，李商隐仕途生涯的起点，也正是一个县尉的小官，没想到宦海沉浮多年，他依然在原地踏步。

本以为，他的命运会在高中进士后出现质的改变，"春风得意马蹄疾，一日看尽长安花"，叵耐老天爷偏生给他安排了一出接一出的挫折与磨难的戏码，怎不令他伤心难禁？

在盩厔县尉的任上干了没多久，李商隐居然又被调回了秘书省，依旧当着小小的秘书省正字，而此时他的境遇，简直跟大中元年（847年）在秘书省时的情形如出一辙，低微的官职，渺茫的前途，落寞之余，他只能在痛苦与彷徨中，期盼着雨过天晴的那一天。

自此之后，李商隐和令狐绹这对昔日里情同手足的兄弟，便再也没了任何的交际。令狐绹继续在朝堂中做着他的高官，甚至一直做到宰相之位，而且一做就是十年，直到85岁才寿终正寝，身后追赠司徒，可谓荣宠至极；而李商隐则继续沉沦在他的文字江湖里艰难度日，终生颠沛流离，无处安顿，在令狐绹去世之际，潦倒一生的他，已经离开这个世界21年了。

此情可待成追忆

大中三年（849年）九月，处于困顿之中的李商隐，在武宁军节度使卢弘正的邀请下，前往徐州担任幕僚。卢弘正很欣赏李商隐，如果他的仕途顺遂，李商隐也能跟着沾光。然而，偏生不巧的是，一年多以后，卢弘正病故了。这样一来，被逼上绝境的李商隐，又不得不另谋生计。

当年夏秋之交，李商隐的妻子王晏媄也因病去世了。李商隐和王晏媄的感情非常好。这位出身富贵之家的千金小姐，多年来一直尽心尽力地照料着家庭，用她的行动默默支持着丈夫，哪怕别人再看不起丈夫，在她心里，丈夫永远都是她的天，她坚信总有一天，他会在朝堂上大有作为，成为和令狐楚一样的功勋之臣。遗憾的是，王晏媄并没有等到丈夫建功立业的那一天，就撒手人寰了。

收到妻子去世的噩耗时，李商隐尚在武宁军节度幕府任职，等他急匆匆地赶回家时，王氏已经逝去两日，而随着妻子的离去，这世间的最后一抹温情也跟着离他而去了。悲痛欲绝的他怀着满心的歉疚，陆陆续续地为王氏写下了无数的悼亡诗，以表达对妻子的追思和深深的怀念。

妻子去世后，李商隐为了养活嗷嗷待哺的幼儿幼女，只好于同年的秋天，把孩子们暂时寄放在连襟兼同榜进士韩瞻家中，再一次离开长安，跟随东川节度使柳仲郢去了蜀地的梓州，照例干起了幕僚的老本行。

在前往梓州的途中，39岁的他写下了著名的《悼伤后赴东蜀辟至散关遇雪》，以此缅怀比他整整小了10岁的亡妻王晏媄。想当年，他一个没有任何背景的幕府幕僚，竟然受到了一方节度使的器重，把一个如花似玉的女儿嫁给他为妻，可他却没有好好珍惜她，让她跟着自己吃尽了苦头，还没到30岁就因病去世，怎能不让他悲痛欲绝？

大散关的雪，足足下了有三尺厚，他却要从剑阁一直走到东川，在那凛冽的寒冬里，冷风刺骨，苍茫的雪地里，只有他孤独的背影。

从此以后，再也没有人会为他缝补衣裳，也没有人会在这样的冰天雪地里给他送上一袭棉衣，他的心不会再被捂暖，他的目光不会再为任何的角落停留，而家，那个冰冷无情的家，也不会再有人守在烧红的炉边等着他回去了。

锦瑟

锦瑟无端五十弦，一弦一柱思华年。
庄生晓梦迷蝴蝶，望帝春心托杜鹃。
沧海月明珠有泪，蓝田日暖玉生烟。
此情可待成追忆？只是当时已惘然。

他无时无刻不在思念着早逝的妻子，满腔的悔意远远超过了对妻子的万般爱怜。他懊恼自己没能给妻子一份安稳的生活，却让她跟着自己吃了那么多年的苦，遭了那么多年的罪。要是能够早早地预料到会有这么一天，纵是要他上刀山、下火海，他也不会忍心让她因为他遭受一丝一毫的委屈与悲伤。

此情可待成追忆，只是当时已惘然。他能为她做的，也只有一遍又一遍地，在纸笺上落下他的悲伤与惆怅罢了。可写下再多的悼亡诗又能如何，他终究是再也无法与妻团聚，就连抱在一起痛哭一场的机会也没有了。

主公柳仲郢见他中年丧妻，心中很是不忍，便选中了军中的歌伎张懿仙赐予他，让张懿仙替他缝补衣裳，照料他的日常起居。可此时的李商隐早就断绝了男女之心，更不忍心让九泉之下的妻子伤心，便婉言谢绝了柳仲郢的好意，在表明自己不再成家的心迹后，遂又将张懿仙遣退了回去。

在四川梓州生活的四年间，李商隐还一度对佛教产生了浓厚的兴趣，不仅与当地的僧人多有交往，并多次捐钱刊印佛经，甚至想过要出家为僧。此时此刻，历经沧桑的李商隐，已经断绝了在仕途上能够有一番作为的念头，他只想安安稳稳地度过余生，把子女抚养成人，不要让他们再经历他儿时的那番困苦与磨难。

大中九年（855年），柳仲郢被调回京师，任吏部侍郎，随即又改为兵部侍郎，充诸道盐铁转运使，李商隐也跟着他再次回到了长安。出于照顾，柳仲郢给已经43岁的李商隐安排了一个盐铁推官的官职，虽然品阶很低，但待遇却相当丰厚。此后两三年内，李商隐没有得到升迁，直到柳仲郢转任刑部尚书，他才重新回到故乡继续赋闲。

因为大半生都处于牛李党争的夹缝之中，李商隐的日子，多半都是在郁郁寡欢中度过的。从梓州回到长安后，备受排挤的他，登上城郊的乐游原，在那里写下《乐游原》一诗，并借此抒发了内心的郁闷与怅惘。

乐游原

向晚意不适，驱车登古原。
夕阳无限好，只是近黄昏。

红葉題情付御溝當時叮嚀向西流
無端東下人間去却使君王不信愁

唐寅

明·唐寅《红叶题诗仕女图》

　　唐宣宗大中十二年（858 年），穷困潦倒的李商隐在郑州病故，当他的子女匆匆赶来的时候，他早已闭上了眼睛，年仅46 岁。

　　这个一生勤勉刻苦的寒门子弟，从小读的是圣贤书，学的是经世致用的学问，有一颗想要出将入相的心，只可惜命运弄人，至死都未能得偿所愿，反而遭到时人讥为无行。他在诗词中曾多次表明自己的皇族宗室身份，却又没有任何证据可以依凭，没有人买他的账，甚至闹出了很多笑话，终至一生踯躅无所获。在生命的终点，他终于看清了宦海沉浮的本质，写下了一首诗《蝉》，字里行间无不透出通透豁达之意，不过，与其说这是一种释然，倒不如说是一种无奈。

蝉

　　　　本以高难饱，徒劳恨费声。
　　　　五更疏欲断，一树碧无情。
　　　　薄宦梗犹泛，故园芜已平。
　　　　烦君最相警，我亦举家清。

　　李商隐去世后，除了家人亲眷，朝中竟没有一个人前来吊唁，只有一个生前好友崔珏，含泪为他写下了两首痛断肝肠的悼诗，为他不完美的人生，画上了一个看似完美的句号。

● 唐·周昉《簪花仕女图》（局部）